1395

D1389093

Moeder en God en ik

Rita Verschuur

Moeder en God en ik

Van Goor

NEDERLANDSE
KINDERJURY
2006

ISBN 90 00 03686 0
NUR 283
© 2005 Uitgeverij Van Goor
Unieboek BV, postbus 97, 3990 DB Houten

www.van-goor.nl
www.unieboek.nl

tekst Rita Verschuur
omslagillustratie Marit Törnqvist
omslagtypografie Sander Stembert
zetwerk binnenwerk Mat-Zet, Soest

Moeder en God, die twee zijn tegelijk ons huis binnen gekomen. Ze hebben er alles veranderd. In de slaapkamer prijkt nu een kanjer van een tweepersoonsbed met een houten bak eromheen. Opzij tegen de muur staat een kaptafeltje van hetzelfde lichte hout. Berkenhout, zegt moeder, maar ze moet niet denken dat de kamer daar vrolijker van is geworden dan vroeger, toen het donkerbruine bed van pappa en mamma er nog stond.

Boven de spiegel hangt een kaal houten kruis. Ik wou dat Jezus eraan hing. Dan kon ik tenminste medelijden met hem hebben. Nu lijkt het net of dat kruis daar maar hangt te wachten tot er iemand aan vastgespijkerd wordt. Net als een leeg spinnenweb dat op een vliegje wacht.

Ik weet maar heel weinig van Jezus. Pappa en mamma hebben me nooit iets over hem en God verteld. Zij geloven geen van beiden.

Moeder zegt dat iedereen God nodig heeft. Dat je er niet komt zonder hem. Het geloof is een geschenk. Op een dag zie je het licht en dan ben je uitverkoren. Moeder is uitverkoren. En pappa ziet vanuit zijn bed dat kale houten kruis hangen. Hij ziet het elke avond vóór het slapengaan en elke morgen na het wakker worden.

Dat bed is veel te groot voor die slaapkamer, veel te breed en veel te lang. Aan pappa's instapkant is maar een smal paadje over en aan het voeteneinde staat een linnenkast, die niet eens helemaal open kan. Maar volgens moeder bestaat er geen beter bed. Zij sliep er vroeger in met haar eerste man voordat die doodging. Anton. Die was twee meter, hij paste niet in een gewoon bed, dit is speciaal voor hem getimmerd. Er moest een harde matras in voor zijn rug.

Ik wil niet dat mijn pappa in een bed ligt dat voor Anton is getimmerd. Altijd als ik die kamer binnen kom moet ik aan een doodkist denken.

Op zondagmorgen komt moeder de trap af met een zwart mantelpak aan en een zwarte hoed op en een donkerbruin boekje in haar hand. Daar staan psalmen en gezangen in die ze gaat zingen in de kerk. Pappa brengt haar erheen met de auto. Een uur later haalt hij haar weer op. Tussendoor is hij even thuis en dan loopt hij daar wat rond tot hij weer naar de kerk mag rijden.

Een tijdje geleden vroeg ik hem waarom hij niet gewoon naast moeder in de kerk blijft wachten tot alles is afgelopen, maar toen zei hij dat hij dat niet kan doen. Hij keek erbij of hij nu al wist dat hij nooit door God zal worden uitverkoren. Ik wou hem een zoen geven, maar ik deed het niet.

Ik ben ook niet uitverkoren. Ik ben niet eens gedoopt. Toch mocht ik drie jaar geleden iets heel belangrijks doen. Ik mocht Wouter de kerk binnen dragen toen hij gedoopt moest worden. Ik was nog maar negen, Wouter was drie maanden, en als ik hem had laten vallen had hij wel dood kunnen zijn. Maar ik nam een grote stap over de drempel en hield de baby met die lange jurk aan stijf in mijn armen gekneld. Terwijl ik over dat lange pad de kerk door liep rook ik ineens poep. Eerst dacht ik dat die lucht al in de kerk hing, maar toen snapte ik dat hij van veel dichterbij kwam, dat hij in mijn armen zat. Dat Wouter in zijn luier had gepoept. Ik wist me geen raad, maar ik kon niet meer terug. Het orgel speelde en de mensen zongen een psalm die met de doop te maken had. Ze zongen zo hard dat het wel leek of ze die poeplucht de kerk uit wilden galmen. Maar hij bleef. Ik zag moeder snuiven toen ik Wouter aan haar overgaf, en de dominee moet het ook wel geroken hebben terwijl hij die druppeltjes op het hoofdje sprenkelde. Maar hij keek erbij alsof er niks aan de hand was.
Ik vond het maar raar, dat dopen, want het betekent dat je schoongewassen wordt van alle zonden. Poepen is natuurlijk geen zonde, en die dominee kan moeilijk een luier gaan verschonen, maar eigenlijk had het wel gemoeten, want nu stonk mijn kleine broertje na dat sprenkelen nog net zo erg als van tevoren en dan kun je zo'n doperij toch niet helemaal serieus nemen.

Toen moeder net bij ons woonde zat ze op zangles. Dan stond ze in de zitkamer toonladdertjes te zingen, hoger en hoger de lucht in, tot haar stem door je heen sneed, waar je ook zat in huis. Zelfs op zolder hoorde je het gesnerp. Maar het bleef niet bij oefenen. Dat galmen van haar kon altijd en overal losbarsten. Of ze nou liep af te stoffen of stond te koken of te strijken, je was nooit meer veilig in je eigen huis. Na een tijdje liep ik bij de eerste galm al naar buiten. Meestal ging ik maar naar Rita Koning omdat die zo dichtbij woonde dat ik mijn jas niet eens hoefde aan te trekken. Op een dag merkte moeder dat ik wel erg vaak weg was. Ze vroeg hoe het kwam.

Wat een vraag, zei ik. Maar ze snapte het nog niet, dus ik zei het haar recht in haar gezicht. Dat ik niet tegen dat galmen van haar kon. Eerst keek ze me aan of ik een zielig onderkruipseltje was dat niet weet wat mooi is, maar daarna is ze toch opgehouden met die zanglessen. En met dat galmen. Ik hoor haar wel af en toe nog zingen. Liedjes uit haar jeugd of zo. Dat is niet erg, dat doet iedereen, zomaar iets zingen zonder dat je zelf weet dat je aan het zingen bent. Maar dat gegalm spaart ze nu voor in de kerk.

Moeder wil dat ik naar jeugdkapel ga, in een gebouwtje aan de Donkerelaan dat Maranatha heet. Het lijkt meer op een gewoon huis dan op een kerk en het staat vlak bij de zondagsschool met het platte dak. Daar ging Rita vroeger ook al heen. Ik niet, ik ben maar één keer met haar mee geweest en toen kreeg ik een plaatje van Jezus met een lam, dat ik na een dag al kwijt was.

Nu fietsen we samen naar jeugdkapel. We hebben allebei een baret op. Mijn hoofd is heet maar mijn oren koud en mijn dijen prikken onder de lange ribbeltjeskousen. De visgraatjas knelt om mijn schouders, alleen het fluwelen kraagje zit zacht tegen mijn hals.

Bij jeugdkapel heb je geen dominee die preekt maar twee zussen, de dames Mastenbroek. De ene heeft een scherpe neus en de andere meer een aardappel met een bril erop. Maar ze hebben wel dezelfde stem. Als je je ogen dichtdoet weet je niet wie van de twee er aan het preken is. Bij allebei vliegen de woorden los door de zaal, je moet je inspannen om er zinnen in te horen. Zingen doen ze altijd met zijn tweeën tegelijk. Dan zie je twee grote open monden en wat eruit komt klinkt net als bij moeder wanneer die aan het oefenen was, alleen nog ietsje pieperiger. Als ze ons dwingen mee te zingen beweeg ik alleen mijn lippen.

Het is zondag en bijna Kerstmis. De ene zus met de puntneus leest uit een grote kinderbijbel over Jezus' geboorte. Haar stem bibbert. Ik trek mijn tenen krom in mijn schoenen en druk ze tegen de zolen. Zo blijven ze staan tot het verhaal uit is. Maar zelfs dan kan ik niet opgelucht ademhalen, want dat gezicht blijft zielig kijken, net of er voor haarzelf alleen plaats was in een kribbe. De andere zus met de aardappelneus en de bril zit al net zo zielig voor zich uit te staren. En dan zie ik iets heel geks. Dat die twee zussen met zulke verschillende neuzen toch sprekend op elkaar lijken.

Na afloop van de preek en het zingen krijgen alle kinderen een bijbel. Geen kinderbijbel, maar een echte. Er staat zelfs iets in geschreven: *Aan Rita Verschuur. Ter herinnering aan de Zondagsschool en Jeugdkapel. Bloemendaal. Kerstmis 1947.* En dan het zinnetje: *Uw Vader weet wat gij van node hebt. Matth: 8.* Eronder staan allerlei handtekeningen. Er is er een bij van N. Mastenbroek en een van G. Mastenbroek.

Aan de binnenkant van het kaft is een plaatje geplakt van de kerk in Bloemendaal. Het is een tekening van niks, je ziet op de toren niet eens het haantje met die lange bos veren. *Bewaart uwen voet als Gij ten huize Godes ingaat*, staat er in hoofdletters onder de tekening. Dat had ik bij de trouwerij van moeder en pappa al boven de deur gelezen. Ik vond het een rare zin, en dat vind ik nog steeds. Maar ik heb mijn voeten daarnet wel goed bewaard tijdens dat voorlezen.

Op weg terug naar huis vraag ik aan Rita wat zij er nu eigenlijk van vindt, van jeugdkapel en van die dames Mastenbroek.

'Ze denken dat ze iets met Jezus hebben,' zegt Rita.
'Het is nog erger,' zeg ik, 'ze denken dat ze Jezus zijn.'

Midden in de hongerwinter is moeder met pappa getrouwd. Ik moest natuurlijk mee, ik woonde daar nu eenmaal. Ik kon niet zomaar in mijn eentje met de trein naar mamma, er reden zelfs geen treinen, er was spoorwegstaking. Toen heb ik van tevoren maar aan moeder gevraagd hoe het daar in die kerk bij dat trouwen toe zou gaan. Er zou veel gezongen worden, zei ze, er was één gezang bij dat ik alvast uit mijn hoofd kon leren, 'Wat de toekomst brengen moge'. Ze zong het even voor, het klonk voor haar doen zachtjes, ze kreeg er tranen bij in haar ogen. Ik mocht dat bruine boekje met psalmen en gezangen van haar lenen en toen heb ik de melodie met één vinger op de piano gespeeld en de woorden in mijn hoofd gestampt. De eerste vier regels zitten er nog:

'Wat de toekomst brengen moge,
mij geleidt des Heren hand;
moedig sla ik dus de ogen
naar het onbekende land.'

Zodra het orgel dat gezang begon te spelen en iedereen opstond, gingen er prikgolven door me heen en begon ik precies tegelijk met al die mensen te zingen. Ik zong zo hard als ik kon en ik sloeg geen woordje over.

Vroeger, toen mamma er nog was, draaiden we met Kerstmis een plaat met op de ene kant 'Stille nacht' en op de andere 'O denneboom'. Moeder vindt dat veel te magertjes. Met Kerstmis hoor je zelf te zingen, zegt zij, en omdat ik op pianoles zit mag ik erbij spelen. Ik heb dit jaar zelfs een nieuw pianoboek met kerstliedjes gekregen. *Kerstgeflonker*. Bij sommige liedjes heeft moeder een kruis gezet. Die heb ik op pianoles extra goed ingestudeerd. Het zijn 'Eere zij God', 'Komt allen tezamen', 'Gloria', 'Daar ruischt langs de wolken' en 'Nu zijt wellekomme'. Al die liedjes klinken al prachtig zonder dat je erbij zingt. 'Nu zijt wellekomme' vind ik het mooist. Pappa ook. Dat zei hij laatst nog tegen me toen ik aan het studeren was en hij de kamer binnen kwam.

Het is kerstavond. Ik zit aan de piano. Links achter me komt pappa staan met Wouter op zijn arm, rechts moeder. Dan begin ik met 'O denneboom'. Moeder begint ook. Maar niet met de stem waarmee ze de laatste tijd liedjes van vroeger zingt, nee, ze haalt de kerkgalmstem van zangles er weer bij. Ik hoor mezelf niet meer spelen en moet me ver naar links en naar achteren buigen om iets van Wouters stemmetje en pappa's gebrom te horen.

'Moeder zachter, Wouter en pappa harder,' zeg ik na de denneboom. Maar bij de herdertjes gaat het weer net zo. En de stille nacht tettert alleen in mijn rechteroor.

'Nu gaan jij en ik luisteren,' zegt pappa tegen Wouter en hij gaat met hem op een stoel zitten.

Ik blader naar 'Eere zij God'. Daar zitten akkoorden en loopjes in die ik pas na een hele tijd studeren kon laten klinken zoals het moet: plechtig en vreugdevol. Maar moeders stem laat mijn vingers bij al die loopjes struikelen.

De volgende liedjes waar moeder een kruis bij heeft gezet speel ik zachter en sneller, hup, één-twee-drie achter elkaar. 'Nu zijt wellekomme' sla ik over. Moeder vraagt waarom. Ik zeg dat het te moeilijk is. Daarna blader ik even in het boek en kies zelf een liedje waar zij geen kruis bij heeft gezet: 'O gij vroolijke, o gij zalige'. Moeder houdt haar mond stijf dicht, maar ik speel door tot het uit is. 'Jubelt, jubelt blij o christenheid.'

De kaarsjes branden in de boom. De ster in de top raakt bijna het plafond. We zitten gezellig naar het geflonker te kijken, maar die gezelligheid duurt niet lang. Moeder geeft haar bijbel aan pappa. Er zit een papiertje in gestoken op de plek waar hij moet gaan lezen. Hij schraapt zijn keel twee keer en begint: 'En het geschiedde in die dagen dat er een gebod uitging van den keizer Augustus, dat de gehele wereld beschreven zou worden…'

Wie kan er nou naar zulke zinnen luisteren? Dan was de kinderbijbel waaruit die ene zus Mastenbroek voorlas heel wat makkelijker. Alleen haar zielige stem verpestte alles. Pappa leest niet zielig maar voorzichtig. Hij leest zoals ik wel eens schaats op het Brouwerskolkje, wanneer het ijs daar nog zwart en doorzichtig glanst en ik bang ben dat ik erdoorheen zal zakken.

Eén zinnetje leest hij wat harder, dat herkent hij, ik herken het ook, ik hoor er zelfs een melodie bij. Niet uit zijn mond natuurlijk, maar in mijn hoofd. En ik kan weer gewoon ademhalen omdat pappa al die woorden zomaar uit mag spreken zonder dat moeder erdoorheen gaat galmen: 'Eere zij God in de hoogste hemelen, en vrede op aarde, in de mensen een welbehagen.'

Bij Rita thuis hebben ze een piek in de kerstboom. Daar is moeder tegen. Ze wil ook geen kerststalletje onder de boom. Een kerststalletje is katholiek, zegt ze.

Er is nog iets dat ze katholiek vindt. Het woordje zalig. Dat is nu bij ons in huis verboden. Behalve als het alleen met God te maken heeft. Toch wou moeder dat kerstliedje 'O gij vroolijke, o gij zalige, vreugdebrengende kerstmistijd' niet zingen, en dat gaat nou juist over de geboorte van Jezus. Maar er staat wel een plaatje bij van vrolijke mannetjes die om een tafel zitten met een grote tulband in het midden. Ze hebben hun servetten al omgeknoopt en zitten met wijdopen mond naar die tulband te wijzen.

Nu snap ik het: die mannetjes denken bij 'O gij zalige, vreugdebrengende kerstmistijd' meer aan tulband dan aan Jezus. Dat is het wat moeder zo erg vindt. Daarom wou ze dat liedje niet meezingen. Maar bij de katholieken zouden ze het misschien niet eens erg vinden als ik chocoladepudding met vanillevla zalig noem.

Het is half februari, de tuinen staan vol krokussen. Iedereen dacht dat de winter voorbij was, ik kreeg alweer zin in rolschaatsen. Maar nu is het toch nog gaan vriezen.

Ik loop te kleumen in het dorp terwijl mijn schaatsen geslepen worden. Voor de etalage van de kachelwinkel blijf ik staan. Daar werkt de dame Mastenbroek met de aardappelneus. Ik zie haar, ze staat voor een haard met kolen die achter micaruitjes liggen te gloeien. Zij boft, zij is de enige in het dorp met een lekker warme winkel. Toch kijkt ze net zo sip als op die zondag voor Kerstmis toen Jezus in het stro moest liggen. Ik loop gauw verder en steek over naar de groenteboer. Die staat achter de toonbank met gebreide handschoenen aan waar halve vingers uit steken. Af en toe slaat hij zijn armen over elkaar voor zijn borst. Zijn wangen zijn paars. Hij pakt een donkerrood sterappeltje uit een kist en geeft het aan een meisje. Ze doet haar ene wantje uit. Dat bungelt aan een touwtje uit haar mouw terwijl ze in het appeltje staat te happen. De groenteboer zegt iets tegen haar. Hij lacht erbij. Het meisje lacht terug.

Ik verlang niet naar dat licht van moeder. Ik ben er zelfs een beetje bang voor. Ik ben bang dat ik het op een dag te zien krijg en pappa niet. En nu heb ik ten minste nog iets met pappa samen, iets níét eigenlijk, iets niet dat moeder wel heeft.

Ik vraag me trouwens af wat pappa zou doen als hij opeens het licht zag. Of hij dan blij zou zijn met dat geschenk uit de hemel of dat hij zou schrikken. Want dan zou hij dus niet meer bij zijn eigen familie horen, bij opa en oma en oom Kees en tante Niek en tante Bine en bij mij, maar wel bij moeder en de dames Mastenbroek.

Als pappa het licht had gezien zou hij vast nog beter gaan nadenken bij alles wat hij zegt. En hij denkt al goed genoeg na. Ik heb hem nog nooit iets horen zeggen waarmee hij God zou kunnen beledigen, maar in de hemel komt hij niet. Toch sta ik liever met hem buiten in de kou te kleumen dan dat ik met moeder en de dames Mastenbroek voor een haard met gloeiende kooltjes zit.

Als ik thuiskom uit het dorp met mijn scherpe schaatsen zeg ik tegen moeder dat ik van jeugdkapel af wil.

'Hoe haal je het in je hoofd?' zegt ze. 'Zomaar midden in het jaar. Dat kan niet, hoor. Je houdt het gewoon vol tot aan de zomer. Daarna zien we wel weer verder.'

'Je moet echt niet denken dat ik een vijand van Jezus ben, ik kan alleen niet tegen de dames Mastenbroek.'

'Die twee zusters offeren al hun vrije tijd op voor de kerk en voor jeugdkapel. Daar kun je alleen maar respect voor hebben.'

'Maar als het nou niet helpt wat ze doen?'

'Wat niet helpt?'

'Nou, al dat praten over God, natuurlijk. Daar gaan kinderen heus niet van geloven, hoor.'

'Dat gaat ook niet van één-twee-drie. Het geloof is iets dat moet groeien.'

'Dan kun je veel beter zelf de kinderbijbel lezen, zonder dat preken en galmen erbij.'

'Nee, bij de bijbel heb je begeleiding nodig,' zegt moeder. 'Zeker bij het Oude Testament.'

'Waarom?'

'Omdat daar verhalen in staan die voor kinderen van jouw leeftijd te wreed zijn. Daar zou je alleen maar nachtmerries van krijgen.'

'Denk je soms dat ik geen nachtmerrie heb gekregen van "De kleine zeemeermin"? En dat staat in een sprookjesboek dat jullie me hebben gegeven. Trouwens, dat verhaal over Adam en Eva en de slang ken ik ook allang. Ik heb zelfs al een boekje uit het Oude Testament over Jozef en zijn broers. Vorig jaar voor mijn verjaardag van opa Verschuur gekregen.'

'Opa Verschuur doet maar, die gelooft zelf niet eens in God.'

'Moet dat dan? Het is mijn lievelingsboek, het ligt elke nacht onder mijn kussen.'

Moeder kijkt me ongelovig aan.

'En opa gaf me tegelijk een schildpad, die van jou niet het huis in mocht. Hij moest de hele nacht los in de tuin, maar na drie dagen was hij weg. En hij had nog niet eens een naam.'

Moeder wordt een standbeeld met een mond waar woorden uit komen: 'Jij blijft dit voorjaar op jeugdkapel.'

Bij de spullen die moeder mee ons huis in heeft genomen zat een wandkleed. Dat hangt nu aan de muur op de plek waar de trap een knik maakt. Je kijkt er altijd tegenaan als je naar beneden loopt. Het is eigenlijk een soort merklap, maar dan wel een hele rare. Bovenaan staat in donkerblauwe kruissteekjes een herder met een lam in zijn armen. Dat lam is lichtblauw en met een dikkere, zachtere draad geborduurd dan de herder. Je krijgt zin om dat diertje te aaien. Wat lager op het wandkleed zie je vier rijen schapen, ook lichtblauw en ook zo wollig. Onder elke rij staat in knalrode letters iets in het Duits. Ik heb aan moeder gevraagd wat dat allemaal betekent, want er staat een heel eng woord bij, DER FUEHRER, en dat woord haat iedereen in Nederland. Dit staat er:

Zuflucht ist bei dem alten Gott
Unter den ewigen Armen
Je grosser die Not
Umso stärker ist der Fuehrer

Moeder heeft alles precies voor me vertaald. De arme mensen kunnen hun toevlucht zoeken bij de oude God. Hoe groter hun nood, hoe sterker hun leider, en die leider is de Heer in de hemel. Maar als ik naar die herder kijk met dat schaapje in zijn armen, dan denk ik aan de ergste foto die ik van Hitler heb gezien. Een waarop hij met een valse lach een meisje optilt.

De laatste tijd doe ik mijn hoofd omlaag als ik de trap af loop, maar dat helpt niet. Precies bij de scherpe bocht duikt dat woordje FUEHRER toch weer op, en krijg ik dat nare gevoel weer. Ik vraag aan moeder of ze dat wandkleed alsjeblieft van die plek weg wil halen. Ze wil het niet.

'Maar oom Kees zei er ook al wat van. En tante Niek riep nog "Hoe kun je, Ank!" En er was laatst een meneer, die een hele tijd onder aan de trap bleef staan en toen zijn hoofd schudde. Wat moeten al die mensen wel van je denken?'

'Van mij denken?' zegt moeder verbaasd. 'Ze moeten goed lezen.'

'Ja, maar ze kunnen niet tegen dat ene woord, ook al betekent het hier iets anders.'

'Het heeft altijd iets anders betekend. Dit is een tekst van alle tijden. En het wandkleed is geborduurd door mijn liefste vriendin Aletta.'

'Maar de mensen denken dat jij voor Hitler bent.'

'Dan denken ze dat maar,' zegt moeder.

In ons geschiedenisboek staat een plaatje met Germanen erop. Ze hebben woeste baarden en berenvellen om hun naakte lijf en knotsen in hun hand. Altijd als ik dat plaatje zie denk ik even aan opa Verschuur.

De Germanen geloofden in allerlei verschillende goden. Wodan was de baas en die was getrouwd met Freya van de vruchtbaarheid, en dan had je Donar van de donder. Maar toen kwamen de christenen ons land in om de heidenen te bekeren. Een ervan was Bonifatius. Die deed heel erg zijn best om van alle Franken en Saksen en Friezen christenen te maken, maar de Friezen vermoordden hem omdat hij zich met hun zaken bemoeide. En nu heb ik in mijn hoofd moeten stampen dat Bonifatius in 754 bij Dokkum is vermoord.

Er zijn gelukkig dingen die nu leuker zijn dan voordat moeder kwam. Dat komt door mijn broertjes. Nou ja, half-broertjes, maar dat vind ik zo'n gek woord voor hele jongetjes. Daan is nog maar een paar maanden en toch mag ik hem vaak verschonen. Dat mocht ik zelfs bij Wouter al. Ik had meteen door dat je de luier strak moest trekken en de veiligheidsspelden met de punt naar boven door de stof heen moest steken, zodat ze niet in zijn beentjes konden prikken als ze per ongeluk open zouden gaan. Ik kon het zelfs beter dan moeder, uit mijn luiers sijpelde nooit poep. Moeder vindt het helemaal niet erg dat ik Wouter 's morgens uit zijn bedje haal en mee naar mijn kamer neem en bij mij in bed uit mijn eigen boeken voorlees. En dat ik hem liedjes uit de oorlog leer. Hij zingt alle woordjes na op zijn manier. Zelfs uit 'Ginds bij die kazerne op de Kleverlaan'.

Soms verkleed ik hem als heksje met een hoofddoek en dan mag hij net doen of hij mij op wil eten, want ik ben Grietje. En laatst nam ik hem mee naar het hol op zolder waar pappa zich in de oorlog altijd tijdens razzia's verstopte. Daar zaten we samen te griezelen in het pikkedonker. Maar het leukste hebben we daarnet gedaan. We zijn samen de slaapkamer in geslopen en daar hebben we hoeden van moeder opgezet. Ik nam de zwarte met dat netje met de spikkels die ze op had toen ze met pappa trouwde en Wouter kreeg de hoed met de lange en de korte fazantenveer erop. Die zakte helemaal over zijn oren. We gingen samen voor de spiegel staan en moesten zo hard lachen dat we onze handen op onze mond moesten drukken. Toen we eindelijk beneden kwamen vroeg moeder niet eens wat we hadden gedaan. Zij had een brief zitten schrijven aan die vriendin van het wandkleed. Aletta.

Het lijkt wel of moeder en die vriendin samen met God een geheime club hebben die af en toe bij ons thuis vergadert. Dan komt die mevrouw helemaal uit Dieren naar ons toe. Ik moet 'tante Aletta' tegen haar zeggen. Als tante Aletta er is krijgen we tussen de middag broodjes en twee soorten vleesbeleg. Maar met haar erbij smaakt alles alleen naar plechtigheid. Zij en moeder zitten de hele dag in de zitkamer. Als je uit school komt en je kijkt door het raam naar binnen, dan zie je aan die twee gezichten dat de geheime vergadering wel tot hun dood zou kunnen duren.

Toch denk ik dat de gesprekken van moeder en tante Aletta niet alleen over God gaan, maar net zoveel over hun eerste mannen, omdat die twee ook vrienden waren. Ze hebben samen gestudeerd, die van tante Aletta voor dominee en die van moeder voor leraar, en ze zijn allebei al heel jong doodgegaan. In hun studententijd gingen ze in de zomervakantie met kinderen naar christelijke zomerkampen. Daar leerden ze die kinderen veel over God, maar volgens moeder maakten ze er vooral plezier. Ze zei laatst dat zij ook een paar keer mee is geweest en dat ze nergens zo veel plezier heeft gehad als in die NCSV-kampen. Ik vroeg haar waar die letters een afkorting van zijn en toen zei ze: 'Nederlandse Christen-Studentenvereniging.'

Die kampen bestaan nog steeds, maar ik ben er te jong voor. Er wordt daar heel veel gezongen.

'Zeker van die gezangen uit de bijbel,' zei ik.

'Nee, hoor, wat daar gezongen wordt is bijna allemaal kolder!' En ze gaf er meteen een voorbeeld van:

'Kleine Pimpooltje,
zat op een kooltje,
hij begon te schreeuwen.
Maahaa, maahaa, arme kleine knul.'

Ik herkende haar gezicht niet. Haar ogen straalden of ze het licht van God zag. Toen ze uitgezongen was vertelde ze dat dit liedje eigenlijk door een hele groep mensen gezongen moet worden, maar op een speciale manier. Niet tegelijk beginnen, maar om de beurt invallen. Zo'n lied noem je een canon, met het accent op ca.

Misschien deden moeder en haar eerste man wel allebei mee aan die canon over Kleine Pimpooltje. Moest zij na hem invallen en lachten ze zich een kriek toen het afgelopen was.

Tarara boemdijee,
de dikke dominee,
die heeft zijn gat gebrand,
al aan de kachelrand.

Dat liedje heb ik Wouter geleerd. Niet in huis, natuurlijk, maar in de achtertuin, op de klep van het kolenhok. Daar kun je rustig je gang gaan achter de hoge struiken. We zingen het nu vaak samen en bij dat woordje 'kachelrand' laten we ons van de klep af glijden. Ik heb Wouter wel verboden het in huis of in de zandbak te zingen.

'Want als moeder boven in de slaapkamer bezig is en er staat een raam open, dan…!'

'Wat dan?' vraagt Wouter.

'Nou, dan krijg jij eerst op je donder en daarna ik. Omdat ik jou dat lied heb geleerd. Trouwens, "op je donder krijgen", mag je ook nooit binnen zeggen. Beloof je me dat?'

Wouter belooft het.

Dat liedje over Pimpooltje leer ik hem niet, dat is veel te kinderachtig voor hem.

Nu zit ik alweer naast Rita op de harde bank van Maranatha. Ik snap niet wat er de laatste tijd met de weken aan de hand is. Het lijkt wel of de maandag tot en met de zaterdag nog korter zijn dan alleen de zondag. En niet eens de hele zondag, maar één uur ervan. Of mijn hele leven door dat ene uur jeugdkapel in beslag wordt genomen. Ik kijk telkens op mijn horloge. Af en toe denk ik dat het stilstaat en druk ik het tegen mijn oor, maar door al dat gepreek en gezang kan ik niet horen of het nog tikt, dus ik leg mijn arm maar weer in mijn schoot en kijk stiekem omlaag naar de grote wijzer. Je kunt het niet eens kruipen noemen wat die doet. Een slak is er een haas bij vergeleken. Als hij eindelijk beneden staat en weer omhoog moet klimmen zie ik het Kopje van Overveen voor me, het uitkijkduin met op de top het ronde stenen plat en dat muurtje in een cirkel eromheen. Toen ik klein was mocht ik daar een keer aan pappa's hand overheen lopen, voetje voor voetje, ik begon links van de trap en eindigde rechts. Ik durfde niet naar de afgrond aan de buitenkant te kijken en kneep in pappa's vingers en wou vóór ik rond was naar hem toe springen, maar pappa zei 'doorzetten'. Nu loop ik weer voetje voor voetje over die muur, ik voel weer die hand van pappa en pas als ik bij de trap ben mag ik naar de grote wijzer kijken: tien over half. Dan nog maar iets langzamer. Vijf keer schuifel ik rond voordat de grote wijzer recht omhoog staat en de kleine van tien naar elf is gekropen.

Op de fiets naar huis vraag ik aan Rita of zij weet waar de preek over ging.

'Iets met Jezus, denk ik. Daar gaat het toch altijd over?'

'Dus jij hebt er ook niet naar geluisterd.'
'Nee, natuurlijk niet.'
'Wil je dan niet van jeugdkapel af?'
'Ik moet erheen van mijn ouders. En dat ene uurtje is toch zo voorbij.'

Rita en ik hadden een keer zin om geld te verdienen en toen zijn we met bloemen gaan leuren. Sommige hadden we in het Nagtegalenplantsoen geplukt, maar andere uit tuinen gepikt. Lathyrusjes en goudsbloemen en zelfs een paar dahlia's. We maakten er gemengde boeketjes van en die probeerden we te verkopen aan mensen in de straat. De meeste mensen kochten niks en een paar mevrouwen knalden zo de deur voor onze neus dicht.

Toen belden we aan bij dominee Blauw. Ik vond dat wel eng, want hij heeft van iedereen die ik ken het meest met God te maken. Hij is stokoud, hij loopt met een stok en heeft een lange pluizige baard en een oudemannenpetje op zijn hoofd.

Het duurde een hele tijd voordat hij opendeed, maar toen keek hij ons om de beurt met lieve ogen aan en kocht een boeketje. Hij gaf ons elk een stuiver en zette de bloemen in een vaasje voor het raam.

Na die dag ging er elke keer dat ik langs zijn huis kwam een steek door mijn buik. Zelfs nadat ons boeketje allang was uitgebloeid. Zelfs nu gebeurt het nog. En dat komt omdat dominee Blauw er zeker van was dat we die bloemen in Rita's en mijn tuin hadden geplukt, dat we het eerst aan onze moeders hadden gevraagd.

Dominees zien altijd het goede in de mensen. (Dat denk ik tenminste.) Met God zit het anders. Die geeft de mensen het licht om door ze heen te kunnen kijken. Dat zei moeder laatst nog tegen mij.

'Door ze heen?' vroeg ik.

'Ja, net als dat gaat bij doorlichten, als er foto's van je longen worden gemaakt,' zei ze, 'maar God maakt ze van je ziel. Hij ziet er elk zwart vlekje op.'

'Hoe kun je zo'n zwarte vlek op je ziel eigenlijk weg krijgen?' vraag ik aan moeder.

'Dat is een heel gevecht,' zegt ze.

'Een gevecht met wie?' vraag ik.

'Met jezelf.'

'Maar is God daar niet voor? Kun je hem niet vragen zo'n vlekje weg te halen?'

'Zeg, we zijn hier niet bij de katholieken.'

'Waar slaat dat nou weer op?'

'De katholieken gaan biechten bij de pastoor om van hun zonden af te komen.'

'Dat lijkt me wel handig,' zeg ik.

'Het is veel te makkelijk,' zegt moeder. 'Het geloof mag juist niet makkelijk zijn. Een makkelijk geloof is niks waard.'

'Maar je hebt zelf gezegd dat het geloof een geschenk is,' zeg ik. 'En voor een geschenk dat je hebt gekregen hoef je toch niet meer te vechten?'

'Je moet het onderhouden, net als een splinternieuwe fiets.'

Ik denk aan spaken poetsen, één voor één, met een lapje.

Een gevecht met jezelf, wat is dat nou weer? Ik kan me er maar één ding bij voorstellen: eerst sla je jezelf met je rechterhand op je linkerarm en daarna met je linkerhand op je rechterarm, maar wat maakt het nou uit welke arm er wint? Ze zijn allebei van jou. Je kunt nog beter met woorden tegen jezelf gaan vechten.

'Valse geniepige Rita, kun je wel, eerst bloemen pikken en dan een lieve oude dominee bedriegen!'

'Nou, zo erg is dat heus niet, hoor Rita, er bloeiden genoeg van die bloemen en nu had dominee Blauw tenminste iets moois om naar te kijken. En hij mocht zelf beslissen wat hij ervoor gaf. Eén cent was ook goed geweest.'

'Dan had je hem vier centen terug moeten geven. Waarom deed je dat niet, Rita?'

'Ik had geen vier losse centen.'

'En toen kocht je maar een ijsje. Hoe smaakte dat?'

'Je wilt zeker horen dat ik het niet door mijn keel kon krijgen. Maar dat kon ik toevallig wel.'

'Je moest je schamen, diep schamen!'

'Ik zal het nooit meer doen, m... eh Rita.'

Ik had bijna moeder gezegd in plaats van Rita.

Hans Koning en Willem Blom en een paar andere jongens uit onze straat voeren al een tijdje oorlog tegen de katholieken, een stel jongens uit de Rio Grandelaan. Ik vroeg laatst aan Hans of hij met die oorlog is begonnen omdat hij jaloers is op de katholieken vanwege dat biechten. Maar Hans begon te briesen van woede. 'Wat denk je wel, ik jaloers op de katholieken! Nee, hoor, het zijn gewoon rotjongens, daar in die club van Bob Kisterman!'
Die rotjongens vinden Hans Koning en Willem Blom ook rotjongens, want ik heb ze een keer 'vuile heidenen' horen roepen. En bij die vuile heidenen horen Rita en ik nu ook, zij omdat ze het zusje van Hans is en voor het eten van de soldaten mag zorgen, en ik omdat ik verpleegster ben in het leger van Hans. Ik zit met mijn verbandspullen in de loopgraaf bij de familie Koning in de achtertuin op de gewonden te wachten. Ik heb zelfs al een keer een gevangen katholiek verzorgd. Hij had niet zo'n grote wond, meer een schrammetje, maar ik heb er een groot verband omheen gewikkeld. Het was Freddie Kisterman, het broertje van Bob. Hij is de jongste die mee mag vechten. Ik vroeg hem of hij het niet erg vond dat hij nu verbonden werd door een heidense verpleegster, maar dat kon hem niks bommen, zei hij. Die schram is allang genezen, maar Freddie is zo roekeloos dat hij al een paar maal opnieuw gevangen is genomen. Elke keer verbind ik hem weer en geef ik hem water en brood. Soms een dropje als beleg.
Ik hoop maar dat Hans Koning niet onder dat verband van Freddie gaat kijken.

Tijdens het verbinden vraag ik aan Freddie hoe dat biechten gaat.

'Oh, niks bijzonders,' zegt hij. 'Je loopt naar de biechtstoel, dat is een soort hok achter een deur, je knielt en dan wordt er achter een rond gaasje een luikje opengedaan. Dat doet de pastoor, want die zit daar. Je biecht gauw je zonden op en als je klaar bent zegt de pastoor dat alles je vergeven is. Je krijgt alleen nog een paar onzevaders op of wat weesgegroetjes. En dan zie je door dat gaas in het halfdonker iets van een gezicht en een hand die een kruis slaat om je te zegenen.'

'Een weesgegroetje, wat is dat?'

'Dat is een gebedje van niks, je zegt het zo tien keer op, en dan kun je weer opnieuw beginnen.'

'Met wat?'

'Met zondigen, natuurlijk,' roept Freddie en hij grinnikt erbij.

'Wat voor zonden doe jij?' vraag ik hem.

'Dat hang ik jou niet aan je neus, daar is de pastoor voor. Hij is de biechtvader.'

Het lijkt me wel fijn, zo'n pastoor die je alles vergeeft, maar toch weet ik niet of ik de volgende keer met Freddie mee wil gaan en wil opbiechten dat ik gestolen bloemen aan dominee Blauw heb verkocht. Want dan zou die pastoor mij misschien vergeven, maar hij is katholiek, en dominee Blauw is protestant. En dan zou ik dus door een katholiek vergeven worden voor iets dat ik een protestant heb aangedaan en ik weet niet of dat telt.

'Mag ik bij ons in de tuin een bosje blauwe druifjes voor dominee Blauw plukken?' vraag ik aan moeder. Ze kijkt me stomverbaasd aan, maar vindt het wel goed. Ik pluk er zoveel dat ze net tussen mijn duim en middelvinger kunnen. Zo loop ik ermee naar dominee Blauw, alsof mijn hand een vaasje is.

'Kom je die aan mij verkopen?' vraagt hij.

'Nee, u krijgt ze.'

'Waar heb ik ze aan te danken?'

'U krijgt ze omdat u zelf geen blauwe druifjes in uw tuin hebt en wij een heleboel.'

'Dank je wel, lieve meid,' zegt hij. En hij loopt met de druifjes naar binnen.

Ik voel me nog net zo slecht als van tevoren.

Dan pak ik een papiertje en schrijf alles op. Van dat stelen en verkopen en van de spijt en van de blauwe druifjes om het goed te maken. En dat ik heel erg hoop dat dominee Blauw het me wil vergeven.

Dat briefje stop ik bij hem in de bus.

Nu durf ik niet meer langs zijn huis. Elke keer dat ik naar het dorp ga loop ik een blokje om. Tot ik mezelf zo'n lafaard vind dat ik de gewone weg weer neem. Ik dwing mezelf om heel langzaam langs het huis van dominee Blauw te lopen, voetje voor voetje, in de hoop dat hij naar buiten zal komen en me zal laten merken dat hij het briefje heeft gelezen.

Het duurt nog tien dagen voordat het gebeurt. Hij doet de deur open en wenkt me, ik struikel bijna als ik zijn tuinpad op loop. Hij staat op de drempel te wachten, met zijn armen wijd uitgeslagen. Als ik bij hem ben, pakt hij mijn beide handen vast en zegt: 'Zo meisje, daar ben je dan.' Het lijkt wel of hij me mee naar binnen wil nemen. Maar ik trek me weer los, ik ben al blij genoeg en ren zo de straat weer op. Ik ren helemaal door tot aan de vijver. Ik heb het gevecht met mezelf gewonnen. Maar wat heeft God daar nou mee te maken gehad?

Rita en ik zitten alweer in Maranatha, ik met de stem van dominee Blauw in mijn hoofd. 'Zo meisje, daar ben je dan.' Vleugelbenen kreeg ik toen hij dat gezegd had en mijn handen had vastgepakt. Ik krijg er weer een vol hoofd van, dat gepreek van zus aardappelneus kan er niet meer bij. Pieperneus noem ik haar voortaan, en die ander Puntneus. Ik wou dat er schakelaars naast mijn oren zaten om die twee uit te zetten, maar daar heeft God niet aan gedacht toen hij de mensen maakte. (Als hij bestaat.)

Ik zou nu mijn wijsvingers in mijn oren willen steken, maar dat zou wel erg beledigend zijn voor Pieperneus. Ik moet er de volgende week maar propjes watten in stoppen. Nu druk ik heel even aan de buitenkant tegen mijn oren, het geluid wordt al iets zachter. Maar ik hoor nog wel dat Jezus met zijn discipelen een berg op klom en daar vertelde over het koninkrijk der hemelen. Hoe zou het zijn als ik mijn vingers in mijn oren stak? Ik doe het één seconde, maar net lang genoeg voor Pieperneus om het te zien. Ze kijkt streng mijn kant op. En nu leest ze: 'In het koninkrijk der hemelen was maar één wet: Liefde. Liefde tot God bovenal en grote liefde tot de mensen ook...'

Ik doe mijn hoofd omlaag, ik wil haar woorden over me heen de zaal in laten vliegen. Maar ze schieten mijn oren in. 'Tot alle mensen: goeden en bozen, vrienden en vijanden...'

'Wat heb je deze week gebiecht?' vraag ik aan Freddie als hij weer met zijn zogenaamde wond bij mij aan komt zetten in de loopgraaf.

'Dat ik een dubbeltje uit de huishoudportemonnee heb gepikt.'

'En heeft de pastoor je dat vergeven?'

'Ja, ik kreeg maar twee weesgegroetjes, en ik had niet eens een dubbeltje gepikt. Ik heb nog nooit iets gepikt, maar ik moest toch iets zeggen toen ik daar op mijn knieën zat.'

'Dus nu heeft hij je iets vergeven dat je niet gedaan hebt,' zeg ik. 'Dan heb je een dubbeltje te goed. Je kunt het zo gaan pikken en je hoeft het niet nog een keer op te biechten.'

'Haha, ik weet iets!' zegt Freddie. 'We gaan zo dadelijk naar de ijscoman en kopen elk een ijsje van vijf. Omdat jij mijn wonden altijd zo goed hebt verbonden.'

Hij wil wegrennen, maar ik hou hem tegen en ik haal mijn inktpotlood uit de verpleegdoos en vraag hem zijn mouw op te stropen. Ik lik aan de punt van het potlood en kras ermee op zijn arm. De inkt pakt niet zo goed, één keer likken en krassen is lang niet genoeg, twee keer ook niet, maar Freddie laat me rustig mijn gang gaan. Ik vraag hem of het krassen pijn doet, maar hij schudt van nee. Ik kras net zo lang door tot er een donkerpaarsblauwzwarte vlek op zijn arm zit. Ik bind er een groot verband om.

Daar is Freddie alweer, met zijn dubbeltje. De ijscoman staat er nog niet, het is te vroeg in het voorjaar.

'Drop dan,' zegt Freddie.

We kopen samen een zakje kattendrop bij de drogist en nemen er elk een.

'Wat een zalig dropje!' zeg ik.

Freddie zegt niks, hij kijkt alleen een beetje raar.

'Vind je het raar dat ik zalig zeg over een dropje?'

'Nee, hoor, dat zegt mijn moeder ook vaak.'

'Ook over dropjes?'

'Nee, dat niet, want die vindt ze vies. Maar wel over kersenbonbons. Die hadden we laatst uit Engeland.'

Ik word na één dropje misselijk.

'Eet jij de rest maar op,' zeg ik. Maar Freddie doet het niet. We slenteren door het dorp. Ik met mijn misselijkheid en hij met zijn volle zak drop. We lopen door de Pernambucolaan, langs het landje waar geen kinderen mogen spelen maar waar tussen de struiken wel een hut is gebouwd.

'Kom mee, even kijken,' zegt hij en hij sluipt voor me uit naar de hut. Er staan een paar omgedraaide kistjes en wat pannen en potten in. Het ruikt er net als op de kar van de schillenboer. Freddie gaat op een kistje zitten en begint met een stok op een pan te slaan.

'Ben je gek,' zeg ik en ik trek hem mee naar buiten en ren het landje af. Hij komt langzaam achter me aan gesjokt en stopt nog even bij een verroest fietsstuur dat tussen hoge planten uitsteekt als een gewei.

Wat verderop in de Dompvloedslaan heb je onbewoonbaar verklaarde huizen waar toch mensen wonen. Er spelen een paar kindertjes in de modder. Freddie geeft ze elk een dropje.

'Geef ze de hele zak maar,' zeg ik tegen hem.

Hij propt eerst zijn eigen mond vol, dan geeft hij de zak aan een meisje met modderhandjes.

'Mag je eigenlijk ook het tegenovergestelde doen van biechten?' vraag ik aan Freddie.

'Wat bedoel je?'

'Nou, in dat biechthok vertellen dat je iets goeds gedaan hebt?'

'Daar heb ik nog nooit van gehoord.'

'Maar het is toch wel een leuk idee?'

'Wat voor goeds wil jij dan vertellen?'

'Nou, dat ik al mijn dropjes heb weggegeven.'

'En wat denk je dat de pastoor dan zou antwoorden?'

'Bravo, natuurlijk.'

'Dan ken jij onze pastoor niet. Die zou er meteen iets achter zoeken.'

'Dus zo'n pastoor is eigenlijk heel achterdochtig.'

'Dat moet hij wel zijn.'

'Is God dat zelf ook?'

'Nee, daar heeft God de pastoors nou juist voor uitgekozen.'

'Wat doet hij dan zelf?'

'Hij zorgt voor de grote dingen.'

'Wat voor grote dingen?'

'Voor dat de mensen kunnen poepen en piesen,' zegt Freddie. 'Is het nou goed?'

Ik probeer te bedenken wat nou echt goede daden zijn.
Je liefste pop aan de arme kinderen geven is al heel wat beter dan een zak dropjes waar je zelf misselijk van wordt.
Maar het is nog beter om het enige gouden tientje uit je
spaarpot stiekem in de collectebus voor de Simavi te stoppen. Want daar kunnen een heleboel arme kindertjes eten
voor krijgen en niemand kan jou er speciaal voor bedanken. En daar gaat het natuurlijk om bij goede daden. Dat je
ze in het geheim doet.

Maar als je in God gelooft, kun je niks in het geheim doen.
Dan weet je dat hij alles ziet, en dan hoop je natuurlijk dat
hij vanuit de hemel omlaag zit te kijken en bij zichzelf
denkt: wat is die Rita een goed meisje.

Dus echte goede daden kunnen alleen maar door heidenen
worden gedaan, want die kunnen niet hopen op een beloning van God.

Freddie springt zonder wond de loopgraaf in. Ik doe een verband om zijn enkel. Dan vraag ik hem of ik zijn kerk een keer van binnen mag zien.

'Wil je mee naar de mis?'

'Nee, ik wil alleen maar even zien wat er bij jullie anders is dan in moeders kerk.'

'De deur is maar heel af en toe open,' zegt Freddie.

Na drie dagen proberen kunnen we naar binnen. In het voorportaal horen we het orgel spelen. Er springen tranen in mijn ogen. Het lijkt wel of die muziek zo uit de hemel komt. Dan doet Freddie nog een deur open. Het orgelspel komt nu in golven op me af en ik zie rechts een grote tafel en hoog aan de muur erachter drie beelden. Twee oude mannen en in het midden een vrouw.

'Maria,' zegt Freddie. 'Kijk eens wat ze doet!'

Onder de lange wijde jurk komt een bloot voetje tevoorschijn, dat op een kronkelende slang staat te trappen. Ik ril ervan.

Freddie kijkt me trots aan.

'Waar is dat biechthok?' vraag ik.

'Biechtstoel heet zoiets,' zegt Freddie. 'Kijk, daar heb je ze, aan de overkant, achter die deurtjes. Het zijn er drie.' Dan trekt hij me weer mee de kerk uit.

Ik wil net zo lang in het voorportaal blijven staan tot het orgel is uitgespeeld. Als het weer helemaal stil is duw ik de deur nog één keer op een kier en gluur naar dat blote voetje op die slang. Het staat daar maar te trappen. Maar de slang is nog springlevend.

47

'Maar de pastoor zelf, Freddie, bij wie moet die nou gaan biechten als hij iets te biechten heeft?' vraag ik hem als we zijn kerk weer uit zijn.

'Pastoors hebben niks te biechten.'

'Waarom niet? Een pastoor kan wel eens iets kopen en zonder te betalen de winkel uit lopen. De winkeljuffrouw durft er toch niks over te zeggen omdat hij de pastoor is en zij zelf bij hem moet biechten.'

'Dan moet hij maar gaan biechten bij een andere pastoor,' zegt Freddie.

'Als hij dat opbiecht bij een andere pastoor brengt hij die misschien wel op een idee en dan gaat die andere ook dingen kopen zonder te betalen. En dan kan hij dat weer terug gaan biechten bij die ene.'

'Jij doet net of pastoors gewone mensen zijn,' zegt Freddie. 'Maar als je op je knieën in de biechtstoel zit en die hand achter dat gaas ziet bewegen, dan doe je het bijna in je broek.'

'Hoor eens, Freddie, moet je ook slechte gedachten opbiechten?'

'Wat voor slechte gedachten?'

'Nou, bijvoorbeeld dat je iemand dood wilt hebben.'

'Iemand tegen wie je oorlog voert?'

'Nee, juist niet.'

'Kun je dan niet beter beginnen met oorlog voeren?'

'Tegen sommige mensen kun je geen oorlog voeren.'

'En wil je ze dan zomaar dood hebben? En wil je dat dan
gaan opbiechten?' vraagt Freddie.

'Ja, maar het vervelende is dat ik geen spijt van die gedachte heb.'

'De pastoor kan je alleen vergeven als je spijt hebt.'

'Maar ik wil nou juist zo graag dat hij me vergeeft dat ik
geen spijt heb.'

'Dus jij wilt dat de pastoor het goedvindt dat jij iemand
dood wil?'

'Ja, maar misschien is dat wel een beetje onbescheiden.'

'Zeg maar schofterig. Ga met zulke dingen maar naar de
dominee.'

'Ik heb geen dominee, ik ben heiden, dat weet je toch.'

'Ga dan maar biechten bij Wodan.'

De protestanten en de heidenen moeten er zelf voor zorgen dat er geen zwarte vlek op hun ziel komt. Of er zelf voor zorgen hun zwarte vlek weg te krijgen. Dat is mij al één keer gelukt. Maar nu heb ik er een die ik niet kwijt wil, ook al is de gedachte die erachter zit nog zo slecht.

Dit is mijn gedachte: ik wil dat moeder bij ons weggaat. En dat ik met pappa en Wouter en Daan achterblijf en dat tante Bine dan voor ons komt zorgen, net als toen mamma was weggelopen. Die keer bleef tante Bine een maand, maar nu zou ze voor altijd moeten blijven. Dat wil ik. Maar omdat ik tegelijk zeker weet dat moeder nooit weg zou gaan, zou ik dus eigenlijk moeten hopen dat ze doodgaat. Toch hoop ik dat niet echt, want ze is heus niet altijd stom tegen me. Ze bekommert zich best om mij en om pappa. Ze is eigenlijk een soort Bonifatius die ons wil bekeren. En wij zijn de Friezen. Het enige verschil tussen ons en die Friezen is dat wij haar niet hebben vermoord.

Ik kom toevallig tegelijk met Freddie bij de loopgraaf aan. Hij heeft een schrammetje op zijn been. Ik plak er een plakbandje overheen en vraag hem hoe het zit met moordenaars.

'Als een moordenaar gaat biechten vlak nadat hij iemand vermoord heeft, wat moet zo'n pastoor dan doen? Vergeeft hij hem of komt hij uit zijn hokje en slaat hij hem in de handboeien?'

'Jij met je idiote vragen!'

'Ik wil gewoon weten wat de regels zijn.'

'De pastoor zal wel een lange boetepreek gaan afsteken. En ondertussen is de politie die moordenaar overal aan het zoeken, ook in de kerk natuurlijk, dat is logisch, en dan moet hij toch nog mee naar de gevangenis.'

'En de pastoor, laat die hem zomaar gaan als hij net midden in zijn boetepreek zit?'

'Ja, natuurlijk, die is blij dat hij van zo'n moordenaar af is.'

'En als er helemaal geen politie de kerk in komt?'

'Dan zal de pastoor die moordenaar op het laatst wel vergeven.'

'En als die moordenaar dan een week later met een nieuwe moord bij hem aan komt zetten?'

'Hou nou eindelijk eens op met dat gezanik aan mijn kop!'

'Nog heel even, Freddie, heel even. Ik heb nog één vraag. Een heel belangrijke.'

'Gauw dan.'

'Ik wil van je weten of jij nou nooit gaat twijfelen. Ik bedoel: twijfelen aan God. Of hij wel bestaat.'

'Als je gaat twijfelen, dan kom je in de hel, heeft een non tegen mijn zus gezegd.'

'Maar Freddie, twijfelen doe je toch niet expres?'

'Zit niet te zeuren. De mensen bouwen al die kerken toch niet voor God als ze aan hem twijfelen?'

'Je kunt toch eerst niet twijfelen en dan opeens wel.'

Freddie hijst zich in één seconde uit de loopgraaf en rent weg.

Nu weet ik zeker dat de katholieken mij zo de hel in zouden sturen. Zelfs als ze mij tot hun geloof hadden bekeerd. Want dan was ik toch elke dag wel even aan God gaan twijfelen. En dat mag dus niet, zegt die non van Freddies zus. Maar ik begrijp niet hoe je iemand iets kunt verbieden dat tegen zijn wil bij hem opkomt. Het is net zoiets als iemand verbieden om over te geven als hij de kots al naar boven voelt komen.

Als ik te horen zou krijgen dat ik niet meer mag twijfelen, dan zou het alleen maar erger worden en op het laatst zou ik niks meer zeker weten. Ik zou mezelf de hele tijd moeten knijpen tot ik heel hard 'au' riep en weer zou weten dat ik besta.

Dat piekeren over dingen deed ik vroeger ook al, toen mamma nog bij ons woonde. Ik kwam altijd met vragen bij haar aanzetten. Ze vond dat ik haar de oren van het hoofd vroeg. Toch hield ik er niet mee op. Het waren bijna altijd vragen die begonnen met 'als'. Bijvoorbeeld: 'Als mensen doodgaan, wat gebeurt er dan met hun gedachten?' Maar mamma kon er nooit antwoord op geven. In ieder geval geen antwoord dat op de vraag sloeg. Er zat maar één antwoord in haar hoofd: 'Als de hemel valt, dan hebben de mensen blauwe mutsjes op.'
Ik kan soms wel een beetje terugverlangen naar dat antwoord van mamma.

Toen ik klein was hoorde ik alleen op de kleuterschool wel eens iets over God. Daar zeiden de kinderen dat hij in de hemel zat en dus dacht ik dat hij zich meestal achter een wolk verstopte en heel af en toe even om de hoek gluurde. Tot ik op een keer een wolk zag die op het hoofd van een oude man leek, een lieve oude man, en toen wist ik precies hoe het zat. De wolk zelf was God. Ik holde naar binnen en tekende hem na. Het werd mijn mooiste tekening.

Later heb ik geprobeerd God nog een keer met waterverf te schilderen. Ik nam heel lichtblauw voor de wolk, maar die vloeide uit. Hij kreeg poten en begon op een beer te lijken. Ik tekende er met potlood het gezicht van God in, maar het werd God niet meer. In plaats van hem had ik zonder dat ik het wilde een ijsbeer gemaakt. Het leek wel een wonder.

Een tijdje geleden vroeg ik aan opa Verschuur hoe hij dacht dat het na zijn dood met hem zou gaan. Of hij dan naar de hel zou moeten.

'Niks hel,' zei opa.

'Maar gaan alle heidenen dan niet naar de hel?'

'Nee, natuurlijk niet, ze geloven er toch niet in.'

'Oh ja, dat is waar, maar wat gebeurt er dan met ze?'

'Een mens is net zoiets als een boterham. Op is op.'

'Maar niet helemaal, opa,' zei ik. 'Want je poept de restjes van een boterham weer uit en die worden mest.'

'Mensen worden ook mest,' zei opa.

'Behalve de botten en de schedels,' zei ik. 'Die kunnen na een paar eeuwen teruggevonden worden en dan lijken ze allemaal op elkaar. En dan zie je geen verschil meer tussen een dominee en een moordenaar.'

'Of tussen een heiden en een gelovige,' zei opa en hij grinnikte erbij.

Toen zei ik tegen hem dat ik het eigenlijk wel goedvond dat gelovigen onder de grond niet beter behandeld worden dan heidenen.

Rita komt me afhalen. Ik heb watjes in mijn zak. Bij de Donkerelaan stop ik ze in mijn oren.

'Hoor je nu niks meer?' vraagt Rita.

'Jouw stem komt uit een verre wolk.'

Ik kies een plaats achter in de zaal vlak naast het middenpad, met uitzicht op een jongen die ik wel eens op het schoolplein zie staan. Steven Zonderland heet hij, ik zie hem van schuin opzij, hij zingt het hardst mee van iedereen en spert zijn mond nog wijder open dan Puntneus en Pieperneus. Dat komt omdat hij geen kin heeft die in de weg zit. Ik kijk bijna het hele uur naar hem. Hij doet zelfs zijn mond niet dicht bij het luisteren naar de preek. Steven Zonderkin, dat is een betere naam voor hem.

Ik denk dat Steven Zonderkin ook zonder preek alleen maar goede daden zou doen. Zonder jeugdkapel. Dat hij zelfs als hij gepest zou worden met zijn kin die er niet is, tegen iedereen aardig zou blijven.

Bart van der Meer op nummer 16 is een heiden, maar toch wou hij niet meedoen aan de oorlog tegen de katholieken. Er is al veel te veel oorlog, zei hij.

'Maar wat moet je dan doen als je woedend op iemand bent?' vroeg ik aan Bart.

Toen vertelde hij iets over zijn vader. Iets heel raars.

'Mijn vader heeft een boksbal,' zei hij.

'Een wat?'

'Een bal waar je tegen kunt boksen. Die hangt in de garage en mijn vader doet elke avond een partijtje. Dan mept hij erop los. Met de deuren dicht, natuurlijk, maar toch hoor ik hem tot in mijn kamertje hijgen en kreunen.'

'Wat een stomme bezigheid,' zei ik tegen Bart. 'Helemaal voor niks staan boksen tegen een bal.'

'Mijn vader zegt dat iedereen een boksbal zou moeten hebben, dat er dan veel minder oorlogen zouden zijn.'

'Belachelijk!'

'Nee, hoor, volgens mijn vader helpt het echt als je kwaad bent.'

'Is jouw vader dan elke avond kwaad?'

'Hij zit vaak te briesen als hij de krant leest. En ik was laatst in Haarlem gestompt door een jongen, maar die rende weg en toen ben ik die boksbal ook maar een pak rammel gaan geven. Ik deed mijn ogen erbij dicht en zag de hele tijd die jongen terwijl ik aan het boksen was. Ik gaf hem een paar kaakstompen en een oogstomp en toen roffelde ik net zo lang door tot ik lamme armen had.'

'En als je die jongen nou weer tegenkomt? Ga je hem dan

ook slaan tot je lamme armen hebt? Of hoeft dat nu niet meer?'

Bart gaf geen antwoord.

Hans Koning is de loopgraaf in zijn achtertuin aan het dichtgooien. Van de berg aarde ernaast is nog maar een klein hoopje over.

'Waarom doe je dat?' vraag ik aan hem.

'We hebben vrede gesloten met de vijand.'

'Wie heeft er dan gewonnen?'

'Niemand.'

'Wat raar. Er wint toch altijd iemand?'

'Nee, hoor, de oorlog is gewoon afgelopen.'

'Wil jij dan nu soms ook katholiek worden?'

'Ben je betoeterd? De katholieken moeten elke dag naar de kerk.'

'Maar ze hebben wel een pastoor, en dat is heel handig, hoor, want bij een pastoor kun je alle zwarte vlekken op je ziel wegbiechten.'

'Ik heb geen zwarte vlek op mijn ziel!' zegt Hans en hij schuift zijn schep vol aarde.

Als ik aan de katholieken denk, dan zie ik een grote zwarte berg vol zwarte zonden in dat biechthok bij de pastoor liggen. En dan denk ik dat de pastoor de macht heeft om al die zonden 's avonds in de schemering weg te laten vliegen. Ze fladderen de kerk uit, het lijkt wel een zwerm zwarte kraaien. Ze strijken neer in de hoge lindebomen die om de kerk heen staan en zitten daar net zo lang te krassen tot de pastoor naar buiten komt en in zijn handen klapt. Dan vliegen ze op met zijn allen, de hele zwerm verdwijnt in het heelal.

Rita en ik lopen naar het Brouwerskolkje, naar de plek waar we in de oorlog een keer water hebben gedronken, omdat het zo helder was en omdat Hans zei dat het kon. Moeder werd woedend toen ik het haar vertelde. Er zaten daar ratten, zei ze, die een gevaarlijke ziekte bij zich droegen. De ziekte van Weil, en daar waren wij nu misschien mee besmet. Elke ochtend als ik wakker werd, was ik verbaasd dat ik nog leefde en niet eens verging van de buikpijn. Zo ging het door tot de bevrijding.

Er zijn in het Brouwerskolkje nu geen ratten meer, maar toch komt dat akelige gevoel terug als ik weer met Rita op die plek sta en dat heldere water zie. Het ziet er verraderlijk uit, ik durf mijn handen er niet in te steken, niet eens mijn pink. Er zwemt een zwaan, maar ik wil weg. Ik wil het uitkijkduin op, dat is hier vlak boven. Ik heb zin om rondjes te lopen over het muurtje op de top. Rita heeft ook zin.

We klimmen omhoog langs steile kronkelpaadjes. Krakelingenpaadjes zijn het, vol lussen en slingers. Eindelijk staan we voor de trap naar de top, er schemert al een stukje muur. Als we halverwege de trap zijn zien we boven iemand staan. Het is een man. Hij heeft zijn rug naar ons toegekeerd. Nog een paar treden, dan zien we wie het is. Dominee Blauw. Hij kijkt uit over de duinen. Hij staat met zijn benen tegen het muurtje geleund.

Ik trek aan Rita's arm, we draaien ons om en lopen stilletjes naar beneden. Onder aan het duin zegt Rita: 'Het leek God wel.'

'Daar moest ik ook al aan denken,' zeg ik. 'Dat hij het was.'
'Maar ik geloof niet in hem,' zegt Rita.
'Ik ook niet,' zeg ik.

Mensen worden door mensen gemaakt, in een bed onder de dekens. Dat zegt Tom Kwak bij mij in de klas bijna elke dag tegen me. Hij begint telkens weer over piemels en gaatjes. Ja, ja, Rita'tje Verschuur, zo gaat dat, met de piemel in het gaatje. Hij zegt het om me te pesten. Omdat ik het niet wil horen. Zo leuk is het niet te weten dat je onder de dekens gemaakt bent door twee mensen die daarna zijn gescheiden. Maar er is wel een troost. Dominee Blauw is ook onder de dekens gemaakt, ook door twee mensen. Ook met de piemel in het gaatje.

De laatste tijd praat ik best vaak met Tilly Verbruggen. Zij is protestant, maar ze zit niet bij mij op jeugdkapel. Bij haar heet het niet hervormd, maar gereformeerd, en ze gaat elke zondag met haar hele familie naar een kerk in Santpoort. Twee keer zelfs, geloof ik. Vandaag mag ik met haar mee een boterham eten. Ze woont op de Vinkenbaan en ze heeft drie broers en haar vader komt tussen de middag ook thuis. Ze bidden voor en na elke maaltijd, heeft Tilly me van tevoren verteld.

Iedereen buigt zijn hoofd en vouwt zijn handen. Ik buig mijn hoofd een heel klein beetje, maar ik houd mijn ogen open en leg mijn handen over elkaar in mijn schoot. Dat bidden zal wel heel vlug gaan, denk ik, want ik heb een keer van Tom Kwak gehoord dat je dan alleen even 'Here zegen deze spijs en drank amen' mompelt. Maar hier gaat het anders. Tilly's vader bidt hardop, het is een lang gebed vol ingewikkelde zinnen. Ik kijk stiekem om me heen naar al die mensen, hoe ze daar zitten met dichte ogen. Dan zie ik dat die vader tijdens dat gebed door spleetjes begint te gluren. Tilly's broers doen het ook en Tilly's moeder heel even. Alleen Tilly zelf gluurt niet. Die houdt haar ogen stijf dichtgeknepen.

Als haar vader 'amen' heeft gezegd doet hij zijn hoofd omhoog en kijkt hij om zich heen of er niks aan de hand is. Hij kan niet tegen zijn kinderen zeggen dat ze niet mogen gluren, want dat zou hij natuurlijk niet mogen weten.

Op weg terug naar school vraag ik aan Tilly of zij wel eens gekeken heeft tijdens het bidden.

'Ben je gek!' zegt Tilly.

Nu heb ik een heel speciale reden om een keer op zondag met moeder mee naar haar kerk te willen. Ik wil daar tijdens het bidden de mensen bespieden. Ik wil erachter komen of ze hun ogen wel dichtdoen en dichthouden. Vooral de dominee zelf. Die heb ik bij het trouwen en het dopen al wel gezien, maar toen heb ik daar niet op gelet. Hij is lang en mager en hij heeft gluuroogjes en hij is vast ook wel nieuwsgierig naar al die mensen, hoe zij zich in zijn kerk gedragen, of zij wel netjes met gesloten ogen meebidden. Maar hij kan het zelf niet controleren. Weet je wat ik denk? Ik denk dat hij daar iemand voor heeft uitgekozen. Niet zijn vrouw, maar een neef of zo. Iemand die niemand in Bloemendaal kent. Een spion die voor de dominee uit moet kijken wie er wel en niet meedoet met het bidden.

Maar als die dominee dan van zijn neef te horen zou krijgen dat bijna iedereen zijn ogen open had en dat er zelfs een paar mensen zaten te gniffelen, wat zou hij dan moeten doen?

Het is Palmpasen. Vanmorgen vroeg heb ik een palmpasenstok voor Wouter versierd. Een houten kruis met bovenop een haantje van brood en verder allemaal slingers en vlaggetjes eraan en kleine groene takjes. Palmtakken horen het te zijn, maar wij nemen buxustakjes uit de tuin. Zo dadelijk is er een optocht voor de kleine kinderen, en daar zingen ze bij van 'Palm Palmpasen, heikoerei, over ene zondag hebben wij een ei. Eén ei is geen ei, twee ei is een half ei, drie ei is een paasei.' Ik heb Wouter al die woorden geleerd, maar ik kan niet horen hoe het klinkt wanneer hij ze zingt, want ik moet naar jeugdkapel.

Met de watjes diep in mijn oren gepropt zoek ik weer een plaats op de achterste rij. Ik zie Steven Zonderkin schuin voor me van opzij. Zijn mond staat al open voordat er iets begonnen is.

Puntneus is aan de beurt. Ze vertelt niets over de palmpasenoptocht, maar begint meteen over de laatste dagen van Jezus in de tempel en de overpriesters en schriftgeleerden die hem wilden doden. En dan vertelt ze erachteraan over het Laatste Avondmaal van Jezus en de discipelen, hoe bedroefd hij was dat hij nu moest sterven, en over Judas, die hem een kus gaf om aan de vijand te laten zien wie ze te pakken moesten nemen, en over Petrus, die hem drie keer verloochende voordat de haan kraaide. De mond van Steven Zonderkin zakt steeds verder open. En Puntneus vertelt door mijn watjes heen van de tocht naar Golgotha, dat Jezus zelf zijn kruis moest dragen, en dat hij op het laatst nog riep: 'Mijn God, mijn God, waarom hebt gij mij verlaten?' En dat hij toen stierf en werd begraven.

Op weg naar huis zegt Rita dat ze het jammer voor me vindt van die watjes. Omdat het best een mooi en zielig verhaal was. Spannend ook.

'Ik heb het hele verhaal erdoorheen gehoord,' zeg ik.

'Nou, dan zaten die watjes daar ook mooi voor niks.'

'Dat is niet waar. Als ik mijn oren moet spitsen, hoor ik dat zielige in die stem van Puntneus tenminste niet.'

'Mijn vader is zonder watjes nog dover dan jij met.'

'Gaat hij wel eens naar de kerk?'

'Nee.'

'Dus hij gelooft niet in God?'

'Jawel, een beetje.'

'En je moeder?'

'Die niet.'

'En toch sturen ze jou naar jeugdkapel.'

'Ze vinden het goed voor mijn opvoeding.'

'Vanmiddag ga ik naar de *Matthäus* luisteren,' heeft moeder vanmorgen aangekondigd. 'Dus dan moeten jullie stil zijn.'

'Wat is de Matthäus?' vroeg ik.

'Dat is een muziekstuk over het lijden van Jezus,' zei moeder. 'Het duurt de hele middag.'

'Dat verhaal ken ik al,' zei ik.

'Maar met de muziek erbij is het nog veel aangrijpender,' zei moeder.

Ze zit nu al een uur naast de radio, met een gezicht of zij Maria is en haar zoon zo dadelijk aan het kruis gespijkerd wordt. En deze dag heet nog wel Goede Vrijdag.

Pappa loopt op zijn tenen door het huis, maar hij gaat niet mee zitten luisteren naar die *Matthäus*. Ik word zo treurig van al dat zingen en praatzingen en galmen in het Duits dat ik naar Rita ga. Ik neem Wouter mee, dan kan hij met Nienke spelen. Die is een maand na hem geboren.

Bij de familie Koning weet niemand iets van de *Matthäus*.

'Zet de radio maar aan,' zeg ik tegen Rita, 'dan hoor je hoe het bij ons in huis klinkt.'

Rita doet het. Nu zit hun kamer er ook vol mee. Het klinkt hier lang zo erg niet. Vooral niet als dat hele koor gaat zingen. Ze beginnen nu net aan een lied dat ik thuis ook al een paar keer heb gehoord.

Rita's moeder komt de kamer binnen.

'Zet die afschuwelijke muziek alsjeblieft af,' zegt ze.

Rita doet het niet meteen. Dan loopt haar moeder met tikkende hakjes naar de radio en draait de knop om.

Bij Rita thuis zou ik nog wel naar die *Matthäus* kunnen luisteren. Niet dat ik die muziek daar opeens mooi zou vinden, dat heus niet, maar ik zou hem denk ik niet zo snel uitzetten als haar moeder.

Trouwens, als er bij ons niemand thuis was op Goede Vrijdag, dan zou ik de radio misschien ook wel even aandoen. Dan zou ik die muziek zelf zacht of hard kunnen draaien. Heel zacht tijdens het galmen van zo'n zanger of zangeres en heel hard als dat koor weer begint. Het hardst bij dat ene droevige lied dat aldoor terugkomt. Als ik bij dat lied net naar de wc moest, zou ik de radio op zijn allerhardst zetten en de deuren open laten staan.

En nu is het eindelijk Pasen. Het feest van de opstanding. Puntneus en Pieperneus kijken voor hun doen vrolijk, maar ik vertrouw die gezichten niet. Ik prop de watjes zo diep mogelijk in mijn oren.

Dan vertellen ze dat hij, Jezus dus, begraven werd in een spelonk, en dat die werd verzegeld omdat de rabbi's bang waren dat hij anders door zijn discipelen zou worden weggeroofd. En terwijl soldaten bij het graf de wacht hielden, begon het plotseling te bliksemen en te donderen en er daalde een engel neer in een zee van licht en hij wentelde de steen weg voor het graf en ging erop zitten. Toen is Jezus opgestaan uit het graf. De vrouwen die kwamen om hem te verzorgen zagen dat de steen weg was, en het graf leeg. En ze zagen twee engelen, die zeiden dat Jezus was opgewekt. Hij had trouwens zelf al voorspeld dat hij op de derde dag zou opstaan.

Later op die dag verscheen hij aan de discipelen. Eerst konden ze maar niet geloven dat hij het echt was, maar toen hij een stuk vis gegeten had geloofden ze weer in hem. Allemaal, behalve Thomas. Die geloofde pas dat hij het was toen hij zelf zijn wonden had gezien en gevoeld. Maar Jezus zei tegen hem: 'Omdat gij mij gezien hebt, Thomas, hebt gij mij geloofd. Zalig zij, die niet gezien hebben en toch geloven.'

Ik ben zo iemand als Thomas. Eerst zien en dan geloven.

De rest van de paasvakantie mag ik bij opa en oma Verschuur op de Keizersgracht logeren. Opa en ik lopen door de Utrechtsestraat. We stoppen voor de boekwinkel en kijken in de etalage. Opa vraagt me of er iets bij is wat ik heel graag wil hebben.

'Ja,' zeg ik en ik wijs op het grootste boek dat er ligt. *Groot vertelboek voor de bijbelse geschiedenis* staat erop.

'Waarom wil je dat hebben?'

'Omdat ik niet in God geloof en toch met hem in de knoop zit.'

'Dat klinkt ingewikkeld,' zegt opa en hij schudt zijn hoofd en trekt met zijn lippen, alsof hij een vieze smaak in zijn mond heeft.

'Ja, en ik heb op jeugdkapel al een grotemensenbijbel gekregen, maar die maakt alles alleen erger. Denkt u dat de kinderbijbel me uit de knoop kan halen?'

'Dat weet ik niet,' zegt opa, 'maar je krijgt hem wel.'

Het is een loodzwaar boek. Ik ga natuurlijk meteen in het Oude Testament bladeren om te kijken of dat verhaal over Jozef erin staat. Ja, heel uitvoerig zelfs, en met wat moeilijker woorden dan in het kleine boekje dat ik al eerder van opa had gekregen, en engere tekeningen.

Opa leest me het scheppingsverhaal voor. Hij leest zo mooi dat het wel lijkt of hij erbij was toen het gebeurde. Ik kan niet begrijpen dat opa niet in God gelooft. Ik vraag het hem. Of hij toch echt niet een beetje…

'Een beetje kan niet,' zegt opa. 'Of je gelooft of je gelooft niet. Daar zit niets tussenin.'

'Ik ken een meneer die een beetje gelooft.'

Opa haalt zijn schouders op.

'En soms wel en soms niet, kan dat ook niet?'

'Dan ben je een gek,' zegt opa.

'Een gek?'

'Ja, zo'n windvaantje op het dak dat laat zien waar de wind vandaan komt.'

'Oh ja, zo een hebben wij ook op het dak. Het lijkt een beetje op het bovenlijf van een mannetje en het draait maar rond.'

'Van draaien word je gek,' zegt opa.

'Een gek,' zeg ik.

'Ik denk dat ik een gek ben,' zeg ik tegen opa. 'Want laatst, toen ik met mijn vriendinnetje het Kopje van Overveen op klom, zagen we dominee Blauw uit onze straat op het uitkijkduin staan en dachten we allebei even dat het God was. En toen u mij daarnet voorlas over de schepping zag ik ook aldoor dominee Blauw voor me. Hij stond daar maar boven op dat duin te denken over alles wat hij geschapen heeft. En weet u waar ik toen aan dacht? Dat God mensen zomaar dood laat gaan aan de ziekte van Weil.'

'Die ziekte namen de ratten mee in de oorlog,' zegt opa. 'Ze zaten overal, zelfs hier bij ons in de kelder. Je kon net zo goed door de ratten gedood worden als door de moffen.'

'Ging u toen nooit bidden?'

'Ik bidden? Tot wie dan?'

'Tot God, ook al geloofde u niet in hem. Maar gewoon omdat u zo ontzettend graag wou dat er een einde aan de oorlog kwam en aan de ziekte van Weil.'

'Kind, waar zie je me voor aan?'

'Maar die keer toen u jong was en op uw paard over de prairie reed in Brazilië en het vuur achter u aan kwam donderen, en u bijna inhaalde, riep u zelfs toen God niet te hulp?'

'Niks God, ik gaf mijn paard de sporen!'

'En die keer toen u bijna met uw paard in het moeras zakte?'

'Toen deed ik net als baron Von Münchhausen. Trok mezelf er aan mijn haren uit.'

'Maar opa, toen u mij voorlas uit de bijbel leek het net of u een vriend van God bent.'

'Ik ben een God in het diepst van mijn gedachten,' zegt opa en hij grinnikt erbij.

'Wat zegt u nou weer?'

'Ik praat een dichter na,' zegt opa. 'Die zei dat over zichzelf.'

'Hoe heette die dichter?'

'Kloos,' zegt opa. 'Willem Kloos.'

'Wat een opschepper,' zeg ik. 'Maar dat zinnetje klinkt wel mooi.'

'In de bijbel staan ook mooie zinnetjes.'

'Hoe weet u dat?'

'Gelezen, natuurlijk.'

'En wat vindt u nou het mooiste verhaal?'

Opa denkt even na. Dan pakt hij mijn bijbel en bladert er een tijdje in.

'Ja, hier staat het,' zegt hij. 'De barmhartige Samaritaan.'

'Wilt u het voorlezen?'

'Jezus stond te prediken, omringd door het volk,' zo begint opa. En dan komt er een verhaal dat Jezus aan een schriftgeleerde vertelt om hem te leren wie zijn naaste is. Een man loopt alleen op een weg tussen de bergen en wordt overvallen door een bende rovers. Ze laten hem beroofd en bijna halfdood achter. Na een tijdje komt er een priester langs, maar die trekt zich niets aan van het gekreun en loopt gauw door. De volgende man doet precies hetzelfde, en dat is een leviet, ook een dienaar van God. Dan komt er een Samaritaan. Dat is een vijand van de joden, maar die stopt en wast de wonden met wijn en druppelt er olie op tegen de pijn en hij hijst de man op zijn ezel en brengt hem naar een veilige plek.

Jezus vraagt aan die schriftgeleerde wie van de drie de naaste is geweest van de gewonde man. Daar kan die

schriftgeleerde maar één antwoord op geven. En daarom
heet dit verhaal 'De barmhartige Samaritaan'.
'Waren de Samaritanen heidenen?' vraag ik aan opa.
'Dat vonden de joden,' zegt opa.
Ik bekijk het plaatje dat bij het verhaal hoort. De Samari-
taan loopt naast zijn eigen ezel met de gewonde man erop.
Hij houdt zijn arm om de blote rug heen.

Oma zegt dat ze nooit meer gaat schaatsen. Ze is van de winter een keer gevallen. Gestruikeld over een piepklein takje. Been gebroken.

Dat takje lag op het ijs voor haar huis. Daar bond ze altijd haar schaatsen onder. Na twee slagen zwierde ze al en dan stopte ze haar beide handen in haar mof. Ik riep nog een keer tegen haar dat ik dat zo knap van haar vond. Schaatsen met twee handen in een mof. We moesten allebei lachen, want het was vlak na de oorlog en alle Duitse soldaten waren ons land uit, je zag nergens meer een mof, alleen onze eigen moffen waren er nog. En niemand had gezegd dat zo'n mof geen mof meer mocht heten.

Een Nederlandse mof is eigenlijk precies het tegenovergestelde van een Duitse, want hij is zacht en warm. Het lijkt net een tasje maar hij is aan beide zijkanten open zodat je allebei je handen erin kunt steken. En dan vouw je ze daarbinnen in dat holletje. Je schuift je vingers in elkaar. Oma's mof is zwart met krulletjesbont. Ik weet nog precies hoe ze eruitzag toen ze zo met haar handen in haar mof over het ijs aan het zwieren was. Ze zag eruit of zij de baas van de wereld was. Niet de koningin, maar de baas. De bazin eigenlijk. Mijn oma. Dat ijs was er speciaal voor haar.

Nu loopt ze nog steeds een beetje mank na die val, en ik moet weer aan dat takje denken dat haar liet struikelen. Waarom lag dat nou precies voor haar voeten?

Ik vraag het haar. Hoe zij denkt dat dat takje daar terecht was gekomen.

Oma kijkt me aan of ik gek ben en haalt haar schouders op. 'Denkt u dat het toeval was van de winter, dat takje op het ijs?'

'Ja, wat anders. Denk jij soms dat iemand het expres heeft neergelegd om mij te laten struikelen?'

'Nee, dat niet natuurlijk.'

'Wat denk je dan?'

'Dat het een windvlaag was.'

'Nou dan.'

'Maar wie heeft de windvlaag…?'

'Oh kind, hou op, hou op!'

'Ja, maar…'

Oma strompelt de kamer uit.

Ik blijf nog een hele tijd piekeren en bedenk op het laatst dat je beter in het toeval kunt geloven dan in God. Want het toeval is per ongeluk, en dat is gewoon pech, maar als God iets gedaan heeft, is het expres. En dat is veel griezeliger.

Toen ik klein was, in het begin van de oorlog, had ik ook een mof, een met lange witte haartjes. Hij was van konijnenvel gemaakt. Ik had er ook een bontmuts bij met bandjes. Als je die onder je kin gestrikt had kon je met de bontballetjes spelen die onder aan de bandjes bungelden. Zachte balletjes waren het om in te knijpen. Maar het liefst stak ik mijn handen in mijn mof. Als die erin zaten was ik veilig, dan kon geen levende mof me iets doen. Dan liep ik door het dorp met mijn vingers in elkaar geschoven, net als bij bidden. Niemand kon door dat witte konijnenvel heen kijken.

Zodra ik terug ben van opa en oma laat ik mijn kinderbijbel aan moeder zien. Ze fronst haar wenkbrauwen en
bladert er hoofdschuddend in. Ze kan het boek niet van me
afpakken, want het is nu van mij. Ik hoor opa's stem nog
achter in mijn hoofd wanneer ik 's avonds in bed weer bij
de schepping begin. De volgende ochtend leg ik mijn bijbel op mijn tafeltje, met een boekenlegger erin bij de zond-
vloed.

Als moeder weer gaat zeuren over wreedheden en nachtmerries, dan zal ik haar wel even herinneren aan mijn
schildpad. Die mocht niet eens het huis in en is misschien
wel door een kat doodgekrabd of door een hond doodge-
beten of door een auto platgereden. Die heeft geen nachtmerries gehad, maar dagmerries.

Moeder zegt altijd maar dat God de mensen uitkiest voor het geloof. Ik begrijp niet waarom ze niet bij het begin begint, bij de vraag of God wel bestaat. Ik ben al een paar keer met die vraag naar haar toe gegaan, maar een antwoord heb ik nooit gekregen. Of ze hoorde me niet, of ze had het te druk met andere dingen. En van die grotemensenbijbel werd ik ook al niet veel wijzer. Die begint gewoon met 'In den beginne schiep God hemel en aarde'. Toen dacht ik dat ik in de kinderbijbel wel een antwoord zou krijgen, maar nee hoor! 'Er bloeit een bloempje bij de weg', dat is de eerste zin. Dat bloempje is een madeliefje en het is een wonder van God. Maar van wie is God zelf dan een wonder? Dat wordt nergens uitgelegd. De belangrijkste vraag wordt overal overgeslagen.

Misschien is het stom om te vragen of God bestaat, je kunt er toch nooit antwoord op krijgen.

Eén ding is wel zeker. Je kunt nooit zeggen dat iemand die in God gelooft geen gelijk heeft, maar dat kun je ook niet zeggen van iemand die in Wodan gelooft. En iemand die in niks gelooft heeft ook gelijk.

In die bijbelverhalen lees ik steeds weer over de heidenen die bekeerd of overwonnen of verjaagd moeten worden. Dat is voor mij heel vervelend omdat ik er zelf een ben. Net of het mijn eigen schuld is dat ik uit een heidense familie kom en of dat zo erg is. Mijn familie doet toch niemand kwaad? Het zijn geen dieven of moordenaars. Het zijn allemaal gewone mensen die net zulke dingen doen als de mensen die wel geloven. Ze wonen in net zulke huizen en ze dragen net zulke kleren en ze eten dezelfde dingen en ze doen net zulk werk. En ze maken hun kinderen onder de dekens en dat doen de gelovigen ook, want het kan maar op één manier. Maar in de bijbel staat dat God aan Abraham beloofde dat zijn volk Kanaän zou krijgen. Dat maakte hij zelf niet meer mee, het duurde nog wel vierhonderd jaar voordat de heidenen die daar woonden uit hun huizen werden weggejaagd en gedood en de gelovigen er konden gaan wonen.

Als wij daar toen hadden gewoond, dan waren pappa en ik ons huis uit gezet en gedood, maar moeder had mogen blijven.

De laatste tijd ga ik vroeg naar bed om nog lang in de bijbel te kunnen lezen. Als het enge verhalen zijn lees ik door tot diep in de nacht. Het ergst heb ik gehuild om Abraham, die van God zijn zoon Izaäk moest offeren en nog wou gehoorzamen ook. Gelukkig hoefde het op het laatst toch niet, maar toen begon ik te denken aan iets dat in mijn leven gebeurd is. Iets dat eigenlijk ook wel in de bijbel zou passen. Dat van mamma die zomaar uit zichzelf bij mij wegliep. Dat was natuurlijk geen offeren aan God, want ze gelooft niet eens in hem, en het was ook geen doden, maar weglopen bij je kind is toch eigenlijk ook een soort offeren. Offeren zonder dat je weet aan wie. Niet aan pappa in elk geval, want die werd zelf ook door haar geofferd, samen met mij.

Toen zij wegliep was moeder nog niet bij ons in huis. Dus eigenlijk heeft mamma mij zonder dat ze het zelf wist levend aan moeder geofferd. Alleen omdat ze een meneer van de tennisclub aardiger vond dan mijn pappa.

Als dit in de bijbel gebeurd was, dan zou God haar behoorlijk hebben gestraft. Ik denk dat hij haar melaats had gemaakt. Ze had een gezicht vol vlekken en uitslag gekregen en ze had met een ratel moeten lopen, zodat iedereen haar hoorde kleppen en gauw uit de weg ging. Zelfs de meneer van de tennisclub die ze aardiger vond dan haar eigen man. En haar kind, natuurlijk. Maar ik denk wel dat haar kind dan erg zou huilen.

We fietsen alweer naar jeugdkapel, Rita en ik. Op de Parkwegheuvel stap ik af.

'Ben jij ook altijd misselijk als je erheen moet?' vraag ik aan haar.

'Nee, dat niet,' zegt Rita.

'Ik wel, en het wordt elke keer erger.'

'Ondanks de watjes?'

'Wat ik daardoorheen hoor lees ik veel liever zelf in mijn kinderbijbel.'

We duwen onze fietsen de heuvel op. Rita kijkt van opzij naar me.

'Goh, je ziet helemaal wit.'

Dan stop ik, net voor de top.

'Als ik die Puntneus en Pieperneus voor me zie kan ik zo gaan kotsen. Ik ben bang dat het tijdens de preek gebeurt. Ik kan er niet heen. Zeg jij alsjeblieft dat ik misselijk was.'

Rita zegt dat ze jeugdkapel ook heus niet leuk vindt en helemaal niet zonder mij erbij, maar als ik denk dat ik ga kotsen, dan kan ik maar beter naar huis. Ze duwt haar fiets het laatste stukje de heuvel op. Ik draai de mijne om en sjees omlaag. Weg misselijkheid.

Ik fiets naar het Kopje van Bloemendaal. Dat is hoger dan het Overveense, er staat een torentje op met aan beide kanten een breed raam met gekleurde ruitjes erin. Daar stop ik. Eerst kijk ik door een rood ruitje en zie de duinen rood, ik zie een rode zee, dan wordt het hele landschap geel, het lijkt wel ziek. Maar achter het volgende ruitje is alles groen, zelfs de kale bomen en struiken. Het blauwe spaar ik voor het laatst. De zee ziet er nu weer uit als een zee. Dan kijk ik de andere kant op, over de bomen naar het dorp. Het gebouw van Maranatha kan ik niet zien, maar wel de kerktorens. Het kleintje met de haan van het protestantse kerkje in Bloemendaal en de puntige met het kruis van de katholieke in Overveen. En ik zie de toren van de oude St. Bavo in Haarlem, die mooie protestantse op de Grote Markt, en de twee lange rechte en de dikke ronde torens van de Nieuwe St. Bavo, die lelijke katholieke aan de Leidsevaart. Al die kerken zie ik in het blauw, in het rood, in het geel en in het groen. Ze hebben door die ruitjes dezelfde kleur en toch gaat het erbinnen zo verschillend aan toe.

'De Farizeeër en de tollenaar', zo heet een verhaal in de bijbel. De tollenaar is een zondaar en de Farizeeër kijkt op hem neer omdat die zichzelf de vroomste man van de wereld vindt. Hij laat iedereen zien hoe braaf hij Gods wil doet, maar zijn geloof bestaat alleen uit mooie woorden. De tollenaar krijgt stilletjes berouw van zijn zonden en dat beloont God met het echte geloof.

Dat woordje 'Farizeeër' kende ik in de oorlog al, maar ik wist toen niet wat het betekende. Het stond in een liedje dat we altijd stiekem zongen:

Op de hoek van de straat
staat een Farizeeër.
't Is geen man, 't is geen vrouw
maar een NSB'er.
Met een krant in zijn hand
staat hij daar te venten.
Hij verkoopt het vaderland
voor vijf losse centen.'

NSB'ers heb je nu niet meer, Farizeeërs nog wel.

Mijn nichtje Tineke is bij ons op bezoek met haar ouders. Ze is bijna zeven. Ik vraag haar of ze in God gelooft.
'Nee, niet.'
'Maar wie heeft de mensen dan gemaakt?' vraag ik.
'De apen.'
'En wie heeft de apen gemaakt?'
'Die zijn er vanzelf.'
'Dus God is vanzelf?'
Tineke lacht en knikt.
God is vanzelf, wat moet je daar nou mee?
Toch is er bij mij ook iets dat vanzelf is. Of liever gezegd: vanzelf gaat. Dat is bidden. Bidden is bij mij net zoiets als de hik of een boertje laten. Het gebeurt alleen 's avonds in bed als ik niet kan slapen. Dan komen de zinnen zomaar uit mijn mond en er zit altijd 'Lieve Heer' of 'Lieve God' in, net of God gewoon bij mijn leven hoort. Dat blijft zo tot ik uitgebeden ben en weer ga nadenken. Dan snap ik mezelf niet meer. Ik snap niet meer dat ik er zomaar iemand bij kon halen in wie ik niet eens geloof.

Eén bijbelverhaal is vooral belangrijk voor de zus van Freddie. Wanneer de discipelen in een woeste storm in hun vissersbootjes rondzwalken, wandelt Jezus over de zee naar ze toe en roept: 'Kom.' Petrus loopt hem tegemoet over het water, maar plotseling wordt hij bang en zakt hij erdoorheen omdat hij aan zijn geloof begint te twijfelen en alleen nog aan zichzelf denkt. Jezus trekt hem omhoog en wandelt met hem over het water naar de boot, en alle discipelen stamelen: 'Waarlijk, gij zijt Gods zoon.'

Jezus is dus veel minder streng dan die non van Freddies zus, hij geeft Petrus nog een kans. Hij leert hem vertrouwen in het wonder.

Ik vind dat Jezus aan ieder mens die in hem wil geloven een wonder moet laten zien.

Als ik nu eens aan het strand stond en ik wist me geen raad omdat moeder mijn gedachten weer eens door de aardappelpureemolen gedraaid had, en pappa was voor zaken naar Engeland, en ik probeerde naar de overkant te turen, maar ik zag alleen water tot aan de horizon en daarna zag ik niets meer van de tranen, dan zou het zo moeten gaan als bij Mozes, die met al zijn mensen uit Egypte naar het beloofde land was vertrokken en het leger van de farao achter zich aan hoorde komen. Het zou opeens gaan waaien en fluiten in de lucht. En dan zou er een storm op de zee vallen en als een mes door het water snijden. Hij zou de golven opzij drukken en een pad voor me vrijmaken, zodat ik naar Engeland kon lopen, regelrecht naar pappa's hotel in Londen. En ik zou onderweg niet bang worden, ik zou erop vertrouwen dat de watermuren langs het pad overeind bleven staan tot ik veilig op het droge was.

Als het zo ging, zou ik tot mijn dood in God en in Jezus geloven. En natuurlijk ook na mijn dood.

'Je mag me zondag wel komen ophalen,' zeg ik tegen Rita op weg naar huis. 'Maar ik ga weer niet mee naar jeugdkapel.'

'Gadverdamme, moet ik nog een keer alleen.'

'Zolang jij nog vloekt moet je zeker.'

'En als ze me vragen waar jij bent?'

'Dan zeg je maar dat er niemand opendeed toen je bij ons aanbelde.'

'Zal ik zeggen dat jullie auto ook weg was?'

'Ja, doe maar, dan snappen ze dat we plotseling ergens heen moesten. Naar mijn zieke oma.'

'Is je oma ziek?'

'Niet dat ik weet. Maar misschien zondag wel. Moeten we halsoverkop naar haar toe omdat ze anders zonder ons doodgaat. En ze heeft ook al geen God, dus wij zijn extra nodig. Zeg dat maar tegen Puntneus en Pieperneus als ze aan je hoofd gaan zeuren.'

'En wat ga jij in die tussentijd doen?'

'Oh, gewoon een beetje rondfietsen.'

Thuis schrijf ik een briefje aan Freddie. 'Kom je op zondagochtend als jouw mis is afgelopen naar de hut op het landje aan de Dompvloedslaan? Ik moet je iets vertellen. Iets heel belangrijks.'

Ik fiets tegelijk met Rita weg, maar ik sla al bij de Pernambucolaan rechts af.

'Waar ga je heen?' vraagt ze.

'Dat zie ik nog wel.'

Zij rijdt door. Gelukkig maar. Ik verstop mijn fiets tussen de struiken en ga in de hut op een van de omgedraaide kistjes zitten wachten. Als Freddie zo dadelijk komt, vertel ik hem het verhaal over Jezus en Petrus en dat wandelen over de zee. Dan kan hij zijn zus geruststellen.

Hij komt eraan met zijn handen in zijn zakken.

'Waarom wou je niet in de loopgraaf?' vraagt hij.

'Die is dichtgegooid, het is toch vrede.'

Freddie kijkt of hij dat voor het eerst hoort.

'Er staat iets in de bijbel voor mensen die twijfelen aan God,' zeg ik. 'Voor jouw zus, dus. Omdat ze door die non bang gemaakt wordt met de hel.'

'Vertel maar.'

Ik raffel het verhaal een beetje af, Freddie hoeft alleen te begrijpen dat Jezus Petrus zijn getwijfel vergeeft.

'Dus je zus moet die non maar laten kletsen. Van Jezus hoeft ze de hel niet in.'

'Dan heeft ze geluk gehad,' zegt Freddie en hij draait een pan om op zijn schoot en begint erop te trommelen.

'Zachtjes, alsjeblieft, het is hier verboden terrein!' zeg ik.

Hij trommelt door, iets harder.

'Die Petrus had ook geluk met dat lopen over het water,' zeg ik door zijn getrommel heen. 'Ik mocht van de winter niet eens schaatsen. Zodra ik mijn schaatsen had laten slijpen begon het te dooien.'

'Ik ben erdoorheen gezakt,' zegt Freddie en nu laat hij zijn handen stil op de panbodem liggen. 'Op het Brouwerskolkje. Bijna kopje-onder gegaan.'

'Dat was dan zeker net op die dag dat ik mijn schaatsen liet slijpen. Want de volgende dag kwam de dooi.'

'Toen lag ik in bed naar de regen te kijken,' zegt Freddie.

'Als mijn schaatsen niet zo bot waren geweest, dan was ik misschien die dag ook naar het Brouwerskolkje gegaan.'

'Misschien was jij er dan ook wel doorheen gezakt.'

'En verdronken. En dan kun je dat dooien ook wel een wonder van God noemen. Dat hij het heeft laten dooien omdat ik anders was verdronken.'

'Waarom heeft hij mij er dan doorheen laten zakken?' vraagt Freddie.

'Dat was gewoon pech.'

'Dus jij denkt dat die wonderen van God er speciaal voor jou zijn?'

'Hij wist heus wel dat jij jezelf omhoog kon hijsen, maar ik niet. En hij wou mij nu nog niet dood. Trouwens, mijn oma heeft die dag in Amsterdam geschaatst. Zij is gestruikeld over een takje en heeft alleen een been gebroken.'

'Dan heeft zij ook geluk gehad,' zegt Freddie.

'Denk jij dan niet dat God daarachter zit?'

'Nee.'

'Waar zit hij dan wel achter?'

'Gewoon, achter de wereld.'

'Maar wat vind je dan van die bijbelverhalen?'

'Niks, want die ken ik niet.'

'Ben je er ook niet nieuwsgierig naar?'

'Waarom zou ik? Er zijn heus wel spannender boeken.'

'Hoe kun jij dat nou weten? Ik geloof niet eens in God,

maar ik heb wel een kinderbijbel. En bij sommige verhalen verga ik van de spanning.'
'Vertel er eens een!'

Ik moet even nadenken. Dan kies ik het verhaal van de twee moeders die allebei een baby hadden. 'Maar bij de ene ging het kindje 's nachts dood en daarom legde ze dat bij de andere moeder neer. Die zag de volgende morgen meteen dat het haar baby niet was en toen kregen ze zo'n ruzie om het levende kindje dat ze ermee naar koning Salomo gingen. Die zei dat ze ieder de helft zouden krijgen.'

Ik zie Freddies handen heen en weer schuiven op de panbodem en dan herhaal ik dat van 'ieder de helft'. Nu kijkt hij op, net of hij voor het eerst hoort wat ik zeg. Ik maak de rest van het verhaal zo sappig als ik kan: 'En de dienaar stond al klaar met zijn zwaard om het kind in tweeën te klieven. De punt hing vlak boven het hoofdje en die dienaar wilde net zijn arm optillen om er een houw mee te geven toen de echte moeder begon te jammeren en te roepen dat ze haar kind dan nog liever afstond.'

'Het valt me mee dat er zulke dingen in de bijbel staan,' zegt Freddie.

'Op jeugdkapel lezen de zusters Puntneus en Pieperneus ook altijd uit de bijbel voor. Maar die zetten zulke zielige stemmen op dat ik niet naar ze kan luisteren. Ik heb vandaag gespijbeld. Ik zat hier al een uur voordat jij kwam.'

'Heb je gespijbeld?' zegt Freddie en zijn ogen vallen bijna uit zijn hoofd.

'Ja, met een smoes. Kom je volgende week weer? Er is één verhaal bij dat zo erg is dat ik het bijna niet durf na te vertellen.'

'Misschien kom ik wel even als ik tijd heb,' zegt Freddie.

Het lijkt wel of de dagen steeds verder worden uitgerekt, net als mijn rode vest dat oma Stut te los gebreid heeft en dat elke dag ietsje langer wordt. Eindelijk is het zondag. Ik zeg tegen Rita dat ik weer niet meega.

'Wat heb je deze keer voor smoes?' vraagt ze.

'Zeg maar dat ik onderweg al moest kotsen.'

'Ik ben daar gek.'

'Zeg dan maar dat er weer niemand thuis was.'

Rita haalt haar schouders op.

Ik ben al voor tienen in de hut. Het duurt nog minstens een uur voordat Freddies mis is afgelopen. En dan is het nog niet zeker of hij komt. Hij zei alleen misschien, als hij tijd had, en het verhaal dat ik hem wil vertellen duurt best lang. Ik moet er een soort opvoerinkje van maken, met stemmen erbij, zodat hij niet gaat trommelen.

Net wanneer ik Gods stem probeer te oefenen en 'Abraham!' roep, zie ik Freddie aan komen slenteren. Hij heeft zijn handen weer in zijn zakken, alsof hij toevallig in de buurt was. Hoe kan dat nou? Het is nog maar kwart over tien. Nu loopt hij over het landje naar de hut. Hij kruipt naar binnen.

'Ben jij ook aan het spijbelen?' vraag ik hem.

'Ik zat helemaal achter in de kerk en toen iedereen opstond om te gaan zingen ben ik hem gesmeerd. Nog vóór het brood en de wijn.'

'Dat van het Laatste Avondmaal met Jezus?'

'Ja, dat.'

'Dan ga ik je nu dat erge verhaal vertellen.'

Freddie gaat op het kistje zitten en ik roep 'Abraham!' met

de stem van God. 'Je moet je enige zoon offeren. In het land Moria, op een berg die ik noemen zal!'

Freddie kijkt me met grote ogen aan en ik ga door met mijn eigen stem. 'En God had hem die zoon Izaäk gegeven toen hij en zijn vrouw al stokoud waren. En hij had er nog wel bij gezegd dat hij een nageslacht zou krijgen zo talrijk als de sterren aan de hemel. Dus Abraham schrok zich dood, maar hij nam Izaäk mee en legde het hout voor het offer op zijn schouders. En toen ze na drie dagen boven op de berg stonden die God had aangewezen, bouwde Abraham een altaar van stenen en legde het hout erbovenop, en Izaäk spartelde niet tegen toen zijn vader hem op het altaar legde. Hij liet zich vastbinden als een offerlam en ze namen afscheid. Abraham pakte het mes om zijn kind te gaan offeren. Maar toen riep er een engel. "Abraham, Abraham! Strek uw hand niet uit naar de jongen en doe hem niets, want nu weet ik dat u in God gelooft." Abraham sneed de touwen door en tegelijk hoorden ze iets ritselen. Er zat een ram met zijn horens in de struiken verward. En die ram heeft Abraham toen geofferd.'

'Nou, dat zou mijn vader nooit gedaan hebben,' zegt Freddie, 'mij willen offeren aan God.'

'De mijne ook niet, maar voor de mijne is het makkelijk, want die gelooft niet eens in hem.'

'Ik had nooit gedacht dat God zo gemeen kon zijn,' zegt Freddie.

'Hij heeft toch zijn eigen zoon ook geofferd?'

'Maar iemand anders tot zoiets dwingen en dan op het laatste ogenblik zeggen dat het niet hoeft. Dat is treiteren, dat doen rotjongetjes.'

'Mijn moeder vindt het Oude Testament te eng voor mij,

maar ik denk dat ze het ook te eng voor zichzelf vindt. Zij zou Wouter of Daan toch zeker ook niet gaan offeren? Toch gelooft zij het meest in God van iedereen die ik ken. Ra ra, hoe kan dat? Ik geloof niet in hem, maar ik haat hem nog erger dan de heks van Sneeuwwitje. En bij die heks kon ik de scherpe nagels nog wegkrabben in mijn boek, maar bij God kan ik niks.'

Freddie balt zijn vuisten en begint ermee in de lucht te boksen. Als ik dat zie moet ik ergens aan denken. Aan iets heel raars.

'Oh ja, toch wel, je kunt wel iets doen,' zeg ik.

'Wat dan?'

Ik vertel hem van de boksbal in de schuur bij Bart van der Meer. Dat zijn vader tegen die bal gaat boksen als hij boos op iets in de krant is. En dat Bart er zelf ook een keer met zijn vuisten tegen gebonkt heeft toen hij kwaad was op een jongen. En dat het heel goed hielp. 'Dus je kunt zo'n boksbal net zo goed tegen God gebruiken als die weer eens iets stoms heeft gedaan. Een huis heeft laten verbranden met je babybroertje erin of zoiets dergelijks.'

Freddie doet nu net of hij tegen een bal bokst.

'En eigenlijk zou zo'n boksbal niet in een schuur moeten hangen maar in de kerk. Want daar heb je nu alleen maar dingen die een eer zijn voor God, een orgel met muziek en beelden van Jezus en Maria en kaarsjes om aan te steken, maar je hebt er niks voor als je woedend op God bent.'

Freddie zit nog steeds te boksen en hij trekt er afschuwelijke grimassen bij. Ik kijk op mijn horloge.

'Het is vijf over elf. Jeugdkapel is afgelopen. En jouw mis ook.'

'Heb je nog meer van die verhalen?' vraagt Freddie.
'Oh ja, genoeg voor een heel jaar.'

Wanneer ik thuiskom staat pappa al in de tuin. Hij is er niet aan het snoeien of spitten, hij loopt er maar zo'n beetje heen en weer. Net of hij ergens op wacht. Op iemand, op mij!

'Zo, waar kom jij vandaan?' zegt hij met een stem die meer blaast dan praat.

'Van jeugd… Of gewoon van een beetje fietsen.'

'Gewoon een beetje fietsen als je naar jeugdkapel hoort te gaan. En je vriendinnetje met een smoesje opzadelen. Ik vind dit heel erg van je! Vooral tegenover moeder, die het zo goed met je voorheeft. Je valt me bitter tegen!'

'Ik was zo misselijk en ik vond…'

'Ga naar je kamer, ik wil je voorlopig niet zien.'

Ik loop naar binnen en ga op mijn bed liggen. En dan hoor ik die stem van pappa weer in mijn hoofd. Eerst samenge-knepen, maar dan harder en scherper. Het is weer net als in de oorlog, toen ik 's nachts in bed die stemmen uit de slaap-kamer hoorde komen. Pappa klonk in het begin altijd zachtjes, alsof hij niet opkon tegen mamma, maar zijn stem werd steeds harder en scherper. Op het laatst sneed hij door me heen, net als nu. Maar toen was hij alleen voor mamma bestemd en nu alleen voor mij.

De hele middag lig ik op mijn bed. Ik krijg geen boterham, geen drinken, niks, maar om zes uur roept moeder dat het eten klaar is. Ik sluip de trap af. Ze zegt niks tegen me en kijkt zo sip als de twee zussen Mastenbroek bij elkaar. Ze schept het eten op zonder naar me te kijken. Er ligt bijna alleen andijvie op mijn bord, met in een hoek nog een paar plakjes vlees en één aardappel. Het grijze papje van de andijvie vloeit uit. Het vlees is zo taai dat ik het haast niet kan snijden. Vroeger sneed pappa mijn vlees in piepkleine stukjes. Nu prop ik die halve plak in mijn mond. Het is kauwgom, ik slik het weg met andijviepap. Moeder houdt haar hoofd de hele tijd van me af gedraaid.

Pappa praat met een zachte stem tegen haar. Hij heeft het over een reisje dat hij met haar wil maken. Samen naar Londen. Ik heb geen kracht meer in mijn kaken om te kauwen en slik de tweede helft van die plak vlees met een half glas water door.

Moeder heeft al bijna twee dagen niks tegen me gezegd. Dat is erger dan straf, veel erger. Want nu ben ik lucht voor haar en lucht is niks. Ik weet niet eens hoe zij en pappa erachter zijn gekomen dat ik gespijbeld heb. Rita heeft niet geklikt, dat heeft ze me vandaag op school bezworen. Puntneus en Pieperneus zullen wel gebeld hebben.

Ik heb al twee nachten bijna niet geslapen. Ik ben ziek van al dat draaien in bed. Ik knijp mijn handen in elkaar.

'God, waarom ben je er nu niet eens, nu alles op zijn ergst is? Waarom kun je niet eindelijk één teken geven om me te laten zien dat je aan mijn kant staat?'

God doet niks. Hij stuurt niet eens een windvlaag op mijn open raam af. Geen vogeltje laat hij piepen. Geen sterretje laat hij flonkeren. Niks. Zwarte nacht.

'Maar God, luister nou eens naar me! Pappa kiest ook al partij voor moeder. En als jij echt bestond, dan zou je moeten weten dat ik niet van jou heb gespijbeld, maar alleen van Puntneus en Pieperneus.'

Stilte.

Er komt een huilplek op mijn kussen.

Aan het avondeten hebben pappa en moeder het weer over dat reisje naar Londen. Over twee weken gaan ze.

Ik vraag of ik in die tijd naar opa en oma Verschuur mag.

'Dat kan niet, want je moet naar school,' zegt moeder. 'Tante Aletta komt jullie gezelschap houden.'

Na het eten loopt pappa de tuin in. Hij gaat er op zijn knieën in de aarde zitten wroeten. 'Pappa, ik wil je wat vertellen,' zeg ik.

Hij kijkt heel even om. Eén seconde. Dan gaat hij weer door met wroeten. Ik praat tegen zijn rug.

'Pappa, ik was elke keer zo misselijk wanneer ik naar jeugdkapel moest, ik was zo bang dat ik daar moest overgeven. Daarom ben ik niet meer gegaan.'

'Kon je dat niet gewoon tegen ons zeggen?' mompelt hij terwijl hij door blijft wroeten.

'Dat hadden jullie nooit geloofd. Zeker moeder niet. En ik kon het ook niet bewijzen, maar het voelde zo. En toen ging ik maar wat fietsen. En dat hielp. Ik heb de hele kinderbijbel al uit. Sommige verhalen ken ik bijna uit mijn hoofd. Bijvoorbeeld dat van Abraham die Izaäk moest offeren. Dat is het ergste verhaal dat ik ooit heb gelezen. Toen ik het uit had dacht ik aan alle vaders die ik ken, die zouden zoiets nooit doen. Behalve misschien als ze heel erg in God geloven, dan zouden ze hem wel willen gehoorzamen, maar ik weet zeker dat er toch geen één is die het had gekund. En daarom zit ik zo te piekeren over die bijbel.'

Opeens draait pappa zich om. Hij kijkt naar me alsof hij een pasgeboren poesje ziet. Ik begin te huilen. Dan staat hij op en hij veegt zijn handen af aan zijn broek. Hij komt

naast me staan. Hij slaat heel even zijn arm om mijn schouders.

'Toch vind ik dat je weer naar jeugdkapel moet gaan. Het
is je enige verplichting naast school en het is maar één uur
in de week.'

'Vraag je dit voor jou of voor moeder?'

Pappa zegt niks.

'Voor jou of voor moeder?'

'In de eerste plaats voor moeder, maar ook voor mij.'

'Waarom voor jou?'

'Omdat ik hoop dat jij het geloof zult vinden.'

'Denk je echt dat ik daarvoor naar de dames Mastenbroek
moet?'

'Doe het nu maar, meiske. Het is bijna zomer.'

Bij moeders God moest ik eerst altijd denken aan een spin in een web. Een die klaar zit om je te vangen en zijn draden om je heen te wikkelen, en daarom was ik zo bang voor hem. Nu denk ik meer dat moeder zelf de spin is. Maar ze heeft pappa nog niet in haar draden gewikkeld.

Als dat zo was zou hij niet 'doe het nu maar, meiske' tegen me hebben gezegd.

Zulke dingen zeg je niet als je in een cocon zit. In een cocon zeg je niks meer. Dan ben je een soort wintervoorraad. Pappa is geen wintervoorraad. Hij is nog steeds mijn pappa. En ik ben nog steeds ik. Maar moeder denkt van zichzelf dat zij zo iemand is als Petrus, die bij de poort van de hemel mag gaan staan en daar de mensen voor God mag uitkiezen, en ervoor moet zorgen dat die mensen niet achter haar rug de hemel in glippen. Zeker niet iemand die gespijbeld heeft van jeugdkapel en liever in haar eentje in de bijbel zit te lezen. En die dan achter haar rug zou kunnen roepen: 'God, hier ben ik!' Moeder wil niet dat God dan zijn armen om me heen slaat en zegt: 'Wat fijn, kind, ik heb al de hele tijd op je gewacht.'

De pinksterbloemen staan al in bloei. Na Pinksteren is het uit met jeugdkapel. Die paar keer kan ik het heus wel uitzingen. Ik doe het toch niet voor moeder, ik doe het voor pappa.

Freddie weet nog niet eens dat ik nu niet meer kan spijbelen. Misschien zit hij zondag wel op mijn spannende verhaal te wachten als ik uit jeugdkapel kom.

Samen met Rita loop ik bij Maranatha naar binnen. Puntneus roept me bij zich. Ze zegt met samengeknepen ogen dat ik voortaan op de eerste rij moet gaan zitten. Rita zit al op de achterste. Ik heb geen propjes watten bij me en ik kijk tijdens de preek naar de punt van de neus van Puntneus en ik doe mijn ogen dicht bij het bidden en ik zing hardop mee.

Maar mijn gedachten kan Puntneus niet vangen. Die vliegen op hun eigen houtje hun eigen hemel in. Daar fladderen wat engelen rond die af en toe neerstrijken op een wolk. Zo'n wolk is zacht om over te lopen en warm om op te liggen slapen. Nu zie ik een engel op een wollig wolkenrandje zitten en met bungelende benen naar de andere engelen kijken die door het luchtruim zweven zoals in dat kerstlied 'Gloria'. En ik zie God ertussendoor lopen met een kalotje op zijn hoofd. Vleugels heeft hij niet nodig, en een stok ook niet. God zet zijn voeten in de hemel net zo stevig neer als wij de onze op de aarde.

Puntneus en Pieperneus zie ik niet als engelkens door het luchtruim zweven. Die worden eerst door God getest met speldenprikjes in hun voetzool. Kleine venijnige prikjes bij het lopen over een wolk. Puntneus en Pieperneus begrij-

pen niets van die prikjes – want in de hemel hoor je gelukkig te zijn – en daarom zeggen ze er ook niets van. Ze cre-
peren nog liever van de pijn dan dat ze hun schijnheilige
lachje opgeven. Maar God prikt ze net zo lang tot ze eindelijk 'au' roepen en de andere engelen begrijpen dat de
dames Mastenbroek niet zomaar toegelaten konden worden.

En nu zie ik moeder opstijgen naar de hemel, haar armen
stijf tegen haar lijf gedrukt. God staat haar op te wachten op
een wolk en geeft haar een hand. Ze zet een stap op de
wolk en fronst haar wenkbrauwen. Met een kaarsrechte
rug loopt ze door, maar haar gezicht gaat steeds strakker
staan, tot het een masker wordt. Dan draait ze zich om en
loopt op hoge poten terug naar God en zegt met haar
schelle stem: 'Heer, als dit het paradijs voor moet stellen,
dan valt me dat van u tegen.'

God staat even met zijn mond vol tanden, dan geeft hij haar
zo'n scherpe prik dat ze in elkaar krimpt en 'au' roept.

Daarna loopt ze met grote stappen verder over de wolken,
kijkt nog even om en roept: 'Dank u, Heer.'

God staart haar zo verbaasd na dat hij vergeet haar vleugels
te geven. Toch komt ze even later voorbijvliegen, maar niet
als een engel. Je kunt het ook eigenlijk geen vliegen noemen. Als een schip met volle zeilen vaart moeder door de
hemel.

Ik kijk op mijn horloge. Het is bijna elf uur.

'Een uur is zo voorbij,' zeg ik tegen Rita wanneer we op de
fiets stappen.

'Dat zei ik laatst toch al tegen je,' zegt Rita. 'Jij maakt je
druk om niks.'

Na jeugdkapel fietsen Rita en ik samen door de Pernambucolaan naar huis. Bij het landje rij ik door zonder naar rechts te kijken. Ik sla met Rita af onze straat in en wacht bij mijn hek tot zij haar tuin in is verdwenen. Dan draai ik om en rij terug.

Vanuit de verte zie ik daar al iets bewegen. Het is Freddie, die tegen een bal aan het trappen is. Ik zet mijn fiets tegen een boom en loop naar hem toe. Hij trapt de bal naar mij. Ik trap hem terug. Dan hij weer, dan ik. Nu schiet hij de bal langs mij heen.

'Goal!'

'Ben je weer weggeglipt?' vraag ik.

'Ja, het ging deze keer nog makkelijker. En nu vertellen!'

'Wil je horen over Jozef of over David en Goliath?'

'Neem Goliath maar.'

'Alleen Goliath kan niet. Daar hoort David ook bij. Die doodde hem. En David was een herdersjongen en Goliath een reus.'

'Kom maar op met die David en Goliath,' zegt Freddie en hij gaat op het kistje zitten met de omgekeerde pan tussen zijn benen.

'Weg met die pan,' zeg ik.

'Waarom, ik doe toch niks?'

'Nee, nu niet. Maar zo dadelijk begin je weer.'

'Niet als het spannend is.'

'In de bijbel gaat het echt niet alleen om de spanning, hoor!'

'Waar gaat het dan om?'

'Om God, dat je meer over hem te weten komt.'

'Ik weet genoeg over God.'

'Wat dan?'

'Nou, gewoon, dat hij er is.'

'Maar hoe ben je dat dan te weten gekomen?'

'Te weten gekomen?'

'Ja, dat geloven in God moet toch een keer begonnen zijn?'

'Ik ben ermee geboren.'

'Ermee geboren?'

'Ja, net als met mijn neus,' zegt Freddie en hij slaat een rof-
fel op de panbodem.

'En ik ben geen kleuterjuf,' zeg ik en ik kruip de hut uit.

Voor Freddie is God net zoiets als zijn neus, maar bij zijn zus zit het anders. Niet alle katholieken zijn kleuters.

Als ik in God zou geloven, dan zou ik denken dat hij overal achter zat. Ik zou hem de hele tijd horen fluisteren: 'Waarom doe je dit, waarom doe je dat?' En: 'Wat zeg je nu voor iets?' Ik zou nooit meer iets kunnen doen zonder me eerst af te vragen of hij het wel goedvindt. Ik zou zijn slaaf worden.

Is dat het wat God wil? Van alle heidenen slaven maken? En geen gewone slaven dus, die hij werk laat doen dat ze niet zelf gekozen zouden hebben, maar slaven die hij laat denken wat hij wil dat ze denken.

Als dat zo is, waar moet je dan heen met je eigen gedachten?

Misschien verdwijnen die vanzelf zodra je het licht ziet. Ik word banger en banger voor dat licht.

Het is pinkstermorgen. Ik heb al in mijn kinderbijbel over de uitstorting van de Heilige Geest gelezen en zeg tegen moeder dat ik benieuwd ben wat er vandaag op jeugdkapel verteld zal worden.

'Het mooiste uit de bijbel,' antwoordt ze en ik zie aan haar gezicht dat ik weer voor haar besta.

Ik fiets voor Rita uit de Parkwegheuvel op. Vlak voor de top heb je een heel steil stukje. Daar stap ik anders altijd af, maar vandaag blijf ik op mijn trappers staan. Mijn stuur zwenkt heen en weer, ik zet mijn volle gewicht links, rechts, weer links, en ik ben er. Even staat mijn fiets te trillen op de top. Dan race ik de helling af, voor ik het weet ben ik beneden bij de brievenbus. Daar haalt Rita me in.

'Wat sloof jij je opeens uit voor jeugdkapel!' zegt ze.

'Ik moet toch vieren dat het de laatste keer is!'

'Ik dacht bijna dat je er zin in had.'

Daar geef ik geen antwoord op. Ik ga weer netjes op de eerste rij zitten en zet mijn oren open. Dan komt moeders mooiste bijbelverhaal uit de mond van Pieperneus. Het ruiste en joelde, vertelt ze, en toch bleef alles rustig. Toen zagen de discipelen op elkaars hoofden vlammen neerdalen. Vlammen als tongen van vuur. Maar geen haar op hun hoofd werd geschroeid. En hun hart stroomde vol met de Heilige Geest en ze hieven hun handen jubelend naar de hemel. En ze begonnen te spreken in vreemde talen, want ze waren verlicht. Van nu af aan zouden ze het geloof gaan verspreiden in de wereld en ze zouden zelf wonderen gaan doen.

Die Heilige Geest wordt vaak uitgebeeld als een duif, vertelt Pieperneus er nog bij. Het uur vliegt om.

Na afloop fiets ik nog even langs het landje. Niks geen Freddie. Ik hoor alleen wat duiven koeren.

Thuis ligt er een brief op me te wachten met alleen 'Rita' erop. Ik scheur hem open. Op een scheef afgescheurd bloc-notevelletje staat: 'Ik ben gesnapt. Kom morgen meteen na school naar de hut.'

Freddie zit er al.

'Wat is er gebeurd?' vraag ik.

'Ik werd door de koster gesnapt toen ik de kerk uit wou rennen.'

'En toen?'

'Toen heb ik na de mis een preek van de pastoor gekregen. Het was er een voor mij alleen, zonder dat gaas van de biechtstoel ertussen.'

'Wat zei hij allemaal?'

'Dat weet ik niet meer, maar ik moet voortaan elke zondag 's morgens vroeg naar de mis en 's avonds naar het lof.'

'Het lof, wat is dat nou weer?'

'Ook een soort mis.'

'Oh, ik dacht aan Brussels lof. Dat je dat elke zondagavond moet eten. Dat is ook al een soort straf.'

'Maar de ergste straf heb ik van mijn ouders.'

'Wat voor straf?'

'Huisarrest. Elke dag meteen na school naar huis.'

'Dus wat je nu doet is ook alweer spijbelen.'

'Ik moest het toch even vertellen.'

Freddie staat op en wil de hut uit kruipen. Ik pak zijn arm en duw zijn mouw omhoog.

Hij trekt zich los, maar ik heb al gezien dat de paarsblauwe inktpotloodvlek weg is.

'Al je zonden zijn je vergeven,' roep ik hem na terwijl hij wegrent.

Hij stopt en kijkt achterom.

'Door wie?' vraagt hij.

'Door mij.'

Sinds Pinksteren is moeder weer gewoon. Meer dan gewoon eigenlijk, ze is weer net als toen ze met pappa trouwde. Ze kijkt me af en toe met zachte ogen aan. Daar moet die Heilige Geest achter zitten. Ik zeg tegen haar dat ik daar nu altijd aan denk als ik een duif hoor koeren.

Ze glimlacht. Dan durf ik haar eindelijk weer eens iets te vragen. Iets over God. Zij zegt altijd dat je er niet komt zonder hem, maar ik wil weten waar je niet komt.

'Een leven zonder God is leeg,' zegt moeder.

'Maar bij ons in de familie hebben ze allemaal juist zulke volle levens. Daar kan geen God meer bij.'

'Die mensen maken geen plaats voor God,' zegt moeder.

'Maar als ze hem niet missen?'

'Ze denken dat ze hem niet missen.'

'Ja, maar waar kom je dan niet zonder God? Niet in de hemel?'

'Zo kun je het noemen.'

'Hoe weet jij dat nou? Je bent toch nog niet dood?'

Dan kijkt moeder opeens zo zielig dat ik moet slikken.

'Ik weet meer dan jij denkt,' zegt ze. En ze vertelt hoe het ging toen haar eerste man overleed. Dat hij vlak voor zijn dood heel rustig werd en zei dat hij muziek hoorde. Engelengezang was het, dat steeds dichterbij kwam. Hij wist dat die muziek voor hem was en dat hij nu gehaald werd. Je zag aan zijn gezicht dat hij gelukkig was. Zo stierf hij. Hij was altijd een gelovig mens geweest. Anton.

Wanneer moeder dat gezegd heeft, kan ik alleen maar stil zijn.

114

Moeder heeft in de oorlog best moedige dingen gedaan. Eén ervan is een joodse mevrouw verstoppen.

Die mevrouw kwam af en toe bij ons wonen en mocht dan stilletjes in de achterkamer zitten breien. Zodra de moffen de straat in kwamen verstopte ze zich in het hol achter de kast op zolder waar pappa ook af en toe in zat. Het was niet eens een vriendin van moeder, gewoon zomaar een joodse mevrouw, die haar leven aan moeder te danken heeft. En aan pappa natuurlijk, want het was zijn huis. Als ze door de moffen was ontdekt, dan waren we allemaal meegenomen en dan waren we nu alle vier dood geweest. En Daan was nooit geboren.

Het gaat bij God natuurlijk om zulke dingen. Dat je mensen durft te helpen, ook als je zelf gevaar loopt. Moeder liep gevaar voor zichzelf en pappa en mij en Wouter, en dat is een kind van haarzelf. Pappa liep gevaar voor zichzelf en moeder en twee kinderen van hemzelf. Dus eigenlijk was hij dubbel zo dapper als moeder. En hij had niet eens een God die tevreden over hem kon zijn.

Ik denk wel eens aan pappa en de dood. Pappa heet Toon, maar voluit Antonie, en hij is moeders tweede man. Hij is nu al veel ouder dan moeders eerste man toen die stierf. Anton. Ik wil dat pappa aan het eind van zijn leven ook mooie muziek hoort. Maar engelengezang zal het bij hem natuurlijk niet kunnen worden.

Er is een lied waar pappa veel van houdt. 'Nu zijt welle-komme'. Dat zei hij nog tegen me toen ik het voor Kerst-mis aan het instuderen was. Ik wou het op kerstavond niet spelen omdat moeder het dan met haar gegalm voor pappa had verpest.

Nu wil ik zelf alle coupletten uit mijn hoofd leren. En als pappa later oud en moe en bijna dood is, ga ik op de rand van zijn bed zitten en dan zing ik dat lied heel zachtjes voor hem. Eerst met en dan zonder woorden. Bijna fluisterend, vlak bij zijn oor. Ik hoop zo dat ik dan bij hem ben en dat hij even naar me lacht en daarna rustig doodgaat met 'Nu zijt wellekomme' in zijn hoofd.

Pappa en moeder zijn naar Londen. Tante Aletta is bij ons.
Ze zit op de bank te borduren. Ik vraag haar wat het wordt.
Ze vouwt de lap voor me uit en ik zie in het midden een
statig huis staan met bloemen en vruchten eromheen.
'Ik vind deze veel mooier dan de wandlap die u vroeger
voor moeder hebt geborduurd,' zeg ik. 'Ik bedoel die in de
gang boven de trap.'
'Die wandlap heeft meer betekenis dan deze,' zegt tante
Aletta.
'Ik zou alleen dat woordje "Fuehrer" weg willen hebben,'
zeg ik.
'Maar daar gaat het nou juist om,' zegt tante Aletta.
'Moet u bij dat woord dan niet aan Hitler denken?'
'Niet zoals het hier staat,' zegt ze. 'Hier slaat het op God.'
'Hebt u bij u thuis ook zo'n wandlap?'
'Ja, in de slaapkamer.'
'Dat vind ik een betere plek dan de gang. Bij ons denken al
mijn ooms en tantes dat moeder voor Hitler is.'
'Dat is dan jammer voor die ooms en tantes,' zegt tante
Aletta, 'maar God weet beter.'

Eén ding weet ik nu wel zeker. Nadenken over God helpt geen spat, dan kun je nog beter gaan fietsen.

Ik rij de Zeeweg op en sla vlak voor de watertoren af naar links, naar het Overveense Kopje. Daar zet ik mijn fiets tegen een boom en ik klim het duin op. Eerst langs het linker krakelingenpad en dan de trap op naar de top. Gelukkig, er is niemand. Ik hijs me op het muurtje en loop er een rondje overheen. Dan ga ik aan de zeekant zitten en laat mijn benen boven de afgrond bungelen.

Precies op deze plek stond dominee Blauw laatst naar dat streepje zee in de verte te kijken. Rita en ik zeiden nog tegen elkaar dat hij op God leek, maar nu weet ik op wie hij echt lijkt. Op mijn opa. Hij heeft wel een langere baard dan opa en minder rimpels om zijn ogen, maar hij kan net zo kijken als opa. Net zo lief. Er is maar één verschil tussen die twee: dominee Blauw gelooft het meest in God van alle mensen die ik ken en opa het minst.

Toch heeft opa mij de kinderbijbel gegeven. Hij heeft mij eruit voorgelezen en hij kent zelf allerlei verhalen die erin staan. Dat over de barmhartige Samaritaan vindt hij het mooist. Ik ook. En ik weet waarom. Omdat het de heidenen goede moed geeft.

Rita Verschuur

De driehoeksdans

vanaf 12 jaar

ISBN 90 00 03573 2

In de eerste wou ik het niet, maar dit jaar zal het wel moeten. Ik moet op dansles in Haarlem, bij Dansschool Martin in de Schagchelstraat. Dansen moet je kunnen voor schoolfeestjes, anders zit je maar te zitten. Vorig jaar op het kerstfeest werd ik één keer gevraagd door een grote jongen. Ik trapte aldoor op zijn tenen en hij zat maar met zijn hand in mijn rug te porren. Naar links, naar rechts, wist ik veel.

Er is nog veel meer dat Rita moet. Maar wat haar het meest bezighoudt is de liefde. Tot haar ontsteltenis ontdekt ze ten slotte dat ze eigenlijk 'op drie tegelijk is'. En hoewel dit alles zich meer dan een halve eeuw geleden afspeelde, zijn Rita's ervaringen verbluffend tijdloos, en herkenbaar voor jong en oud.